CME-K
2nd Edition

Workbook 練習冊

繁體版

輕鬆學漢語
少兒版

CHINESE
MADE
EASY
FOR KIDS

3

Joint Publishing (H.K.) Co., Ltd.
三聯書店（香港）有限公司

Yamin Ma

Chinese Made Easy for Kids (Workbook 3) (Traditional Character Version)

Yamin Ma

Editor	Hu Anyu, Li Yuezhan
Art design	Arthur Y. Wang, Yamin Ma
Cover design	Arthur Y. Wang, Zhong Wenjun
Graphic design	Zhong Wenjun
Typeset	Sun Suling

Published by

JOINT PUBLISHING (H.K.) CO., LTD.

20/F., North Point Industrial Building,

499 King's Road, North Point, Hong Kong

Distributed by

SUP PUBLISHING LOGISTICS (H.K.) LTD.

16/F., 220-248 Texaco Road, Tsuen Wan, N.T., Hong Kong

First published January 2006

Second edition, first impression, February 2015

Second edition, fourth impression, September 2021

E-mail:publish@jointpublishing.com

輕鬆學漢語　少兒版 (練習冊三)〔繁體版〕

編　著	馬亞敏	
責任編輯	胡安宇　李玥展	
美術策劃	王　宇　馬亞敏	
封面設計	王　宇　鍾文君	
版式設計	鍾文君	
排　版	孫素玲	
出　版	三聯書店（香港）有限公司	
	香港北角英皇道 499 號北角工業大廈 20 樓	
發　行	香港聯合書刊物流有限公司	
	香港新界荃灣德士古道 220-248 號 16 樓	
印　刷	中華商務彩色印刷有限公司	
	香港新界大埔汀麗路 36 號 14 字樓	
版　次	2006 年 1 月香港第一版第一次印刷	
	2015 年 2 月香港第二版第一次印刷	
	2021 年 9 月香港第二版第四次印刷	
規　格	大 16 開（210×260mm）144 面	
國際書號	ISBN 978-962-04-3693-2	

© 2006, 2015 三聯書店（香港）有限公司

CONTENTS

第一課　他們都工作

1 Trace the characters.

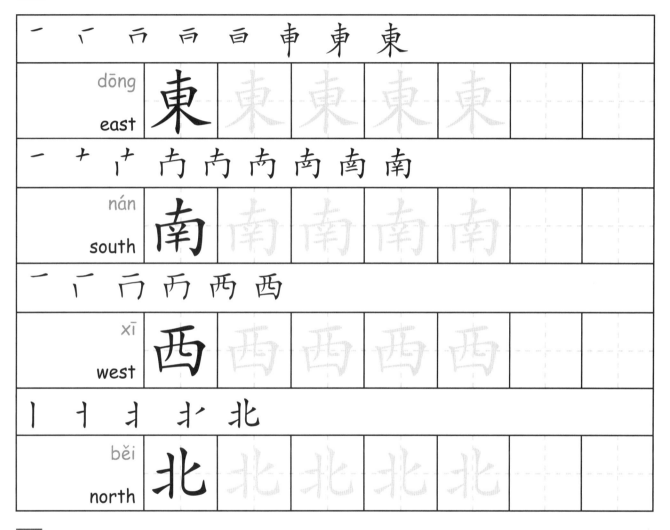

一　厂　厂　百　百　百　車　軍　東

| dōng
east | 東 | 東 | 東 | 東 | 東 | | |

一　十　十　冇　冇　南　南　南　南

| nán
south | 南 | 南 | 南 | 南 | 南 | | |

一　厂　冂　丙　西　西

| xī
west | 西 | 西 | 西 | 西 | 西 | | |

丨　亅　扌　扌　北　北

| běi
north | 北 | 北 | 北 | 北 | 北 | | |

2 Write the numbers in Chinese according to the pattern.

三		五		八	

3 Connect the matching words.

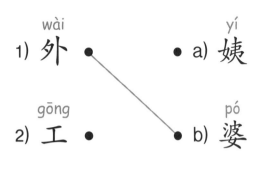

1) 外 wài • • a) 姨 yí

2) 工 gōng • • b) 婆 pó

3) 阿 ā • • c) 們 men

4) 每 měi • • d) 作 zuò

5) 他 tā • • e) 飯 fàn

6) 吃 chī • • f) 天 tiān

4 Write the radicals.

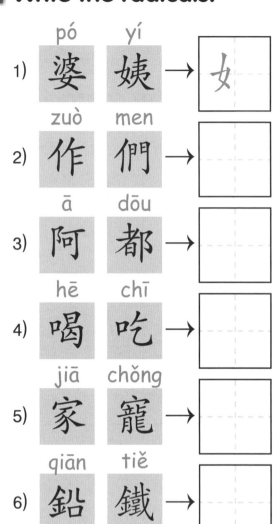

1) 婆 pó 姨 yí → 女

2) 作 zuò 們 men →

3) 阿 ā 都 dōu →

4) 喝 hē 吃 chī →

5) 家 jiā 寵 chǒng →

6) 鉛 qiān 鐵 tiě →

5 Circle the correct words.

1) 爸爸 bà ba （星/生） 期天不 qī tiān bù （土/工） 作 zuò 。

2) 媽媽不喜歡喝魚 mā ma bù xǐ huan hē yú （踢/湯） 。

3) 妹妹每天都騎 mèi mei měi tiān dōu qí （目/自） 行車上學 xíng chē shàng xué 。

4) 弟弟的頭大大的，臉 dì di de tóu dà dà de liǎn （園園/圓圓） 的 de 。

6 **Read aloud the pinyin. Write the meaning of each word.**

1) diàn huà ___telephone___

2) yé ye _____

3) chū shēng _____

4) xīng qī _____

5) jīn tiān _____

6) nián jí _____

7) dòng wù _____

8) lǎo hǔ _____

7 **Draw pictures.**

①

nǐ yé ye
你爺爺

②

nǐ nǎi nai
你奶奶

③

nǐ wài gōng
你外公

④

nǐ wài pó
你外婆

8 Circle the correct words.

bà ba de bà ba shì wǒ
1) 爸爸的爸爸是我（ 爺爺 / 外公 ）。

mā ma de gē ge shì wǒ
2) 媽媽的哥哥是我（ 叔叔 / 舅舅 ）。

mā ma de mā ma shì wǒ
3) 媽媽的媽媽是我（ 外婆 / 奶奶 ）。

bà ba de jiě jie shì wǒ
4) 爸爸的姐姐是我（ 姑姑 / 阿姨 ）。

9 Fill in the blanks with the words in the box.

gōng zuò	shàng xué	shuō	fàng xué	zhù
工作	上學	說	放學	住

gē ge sān diǎn bàn　　　　　huí jiā
1) 哥哥三點半 ___放學___ 回家。

xīng qī liù bà ba bù
2) 星期六爸爸不_____。

wài gōng huì　　　　　sān zhǒng yǔ yán
3) 外公會_____三種語言。

jiě jie měi tiān dōu zuò xiào chē
4) 姐姐每天都坐校車_____。

ā yí yì jiā rén xiàn zài　　　　　zài zhōng guó
5) 阿姨一家人現在_____在中國。

10 Draw pictures.

wǒ yé ye shǔ
1) 我爺爺屬

wǒ nǎi nai shǔ
2) 我奶奶屬

wǒ wài gōng shǔ
3) 我外公屬

wǒ wài pó shǔ
4) 我外婆屬

wǒ bà ba shǔ
5) 我爸爸屬

wǒ mā ma shǔ
6) 我媽媽屬

wǒ shǔ
7) 我屬

11 Count the strokes of each character.

wài
1) 外 __5__

pó
2) 婆 ____

jiù
3) 舅 ____

ā
4) 阿 ____

zhī
5) 隻 ____

tā
6) 牠 ____

yí
7) 姨 ____

zuò
8) 作 ____

12 Complete the paragraph in Chinese. Fill in the blanks with characters.

wǒ jiào　　　　　　　　jīn nián　　　　　　shàng
我叫＿＿＿＿＿＿＿，今年＿＿＿＿＿＿，上

wǒ shǔ　　　　　wǒ jiā yǒu　　　　kǒu rén
＿＿＿＿＿＿。我屬＿＿＿＿。我家有＿＿＿＿口人：

＿＿＿＿＿＿＿＿＿＿＿＿＿＿＿＿＿＿＿。

13 Trace the characters.

ノ　ク　タ　列　外						
wài related through one's mother's, sister's or daughter's side of the family 外	外	外	外	外		
ノ　八　公　公						
gōng an elderly man 公	公	公	公	公		
、　丶　氵　汀　沪　沪　波　波　婆　婆						
pó an elderly woman 婆	婆	婆	婆	婆		
ノ　亻　仁　作　作　作						
zuò do 作	作	作	作	作		

	ノ	⺁	⺁	⺕	⺕	臼	臼	臽	舁	鼡	畱	鼡	舅

| jiù
mother's brother | 舅 | 舅 | 舅 | 舅 | 舅 | | |

	了	阝	阝	阿	阿	阿	阿

| ā
a prefix | 阿 | 阿 | 阿 | 阿 | 阿 | | |

	乚	女	女	妒	妒	妒	娂	姨	姨

| yí
aunt | 姨 | 姨 | 姨 | 姨 | 姨 | | |

	ノ	イ	彳	彳	广	仁	住	佳	隹	隻

| zhī
a measure word | 隻 | 隻 | 隻 | 隻 | 隻 | | |

	ノ	⺊	牛	牛	牪	牠	牠

| tā
it | 牠 | 牠 | 牠 | 牠 | 牠 | | |

14 **Write the characters.**

wài	gōng	měi	tiān	dōu	zài	jiā	gōng	zuò
外								

dì èr kè   sān ge péng you
第二課　三個朋友

1 Trace the characters.

一	十	广	市	市	首	直	直		
zhí straight	直	直	直	直	直		

丶	冂	闩	肉	曲	曲				
qū crooked	曲	曲	曲	曲		

2 Circle the correct characters.

1) chē　　（車）　東　　　　7) duǎn　　豆　短

2) péng　　服　朋　　　　8) yǒu　　友　在

3) měi　　每　海　　　　9) yī　　京　衣

4) jìng　　鏡　鐵　　　　10) qù　　去　法

5) tuǐ　　腿　胖　　　　11) wǎn　　晚　兔

6) chuán　　船　般　　　　12) bǎi　　百　白

3 Draw pictures.

tóu
1) 頭

yǎn jing
6) 眼睛

bí zi
2) 鼻子

zuǐ ba
7) 嘴巴

tóu fa
3) 頭髮

shǒu
8) 手

ěr duo
4) 耳朵

yá
9) 牙

liǎn
5) 臉

jiǎo
10) 腳

4 Write the common radical.

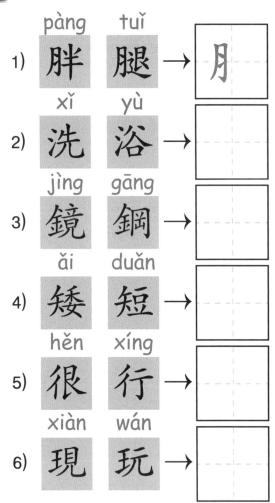

1) pàng 胖　tuǐ 腿 → 月

2) xǐ 洗　yù 浴 →

3) jìng 鏡　gāng 鋼 →

4) ǎi 矮　duǎn 短 →

5) hěn 很　xíng 行 →

6) xiàn 現　wán 玩 →

5 Connect the matching words.

1) chuān 穿 •———• a) xiào fú 校服

2) shuō 説 •　　• b) diàn shì 電視

3) kàn 看 •　　• c) hàn yǔ 漢語

4) tán 彈 •　　• d) zú qiú 足球

5) dài 戴 •　　• e) gāng qín 鋼琴

6) tī 踢 •　　• f) yǎn jìng 眼鏡

6 Circle the words as required.

yǎn 眼	tóu 頭	juǎn 捲	péng 朋	you 友
jing 睛	jìng 鏡	fa 髮	gōng 工	zuò 作
wài 外	gōng 公	xiàn 現	jiā 家	rén 人
pó 婆	miàn 面	zài 在	měi 每	tiān 天

1) glasses ✓

2) friend

3) curly hair

4) work

5) mother's father

6) every day

7) now

7 Write the characters.

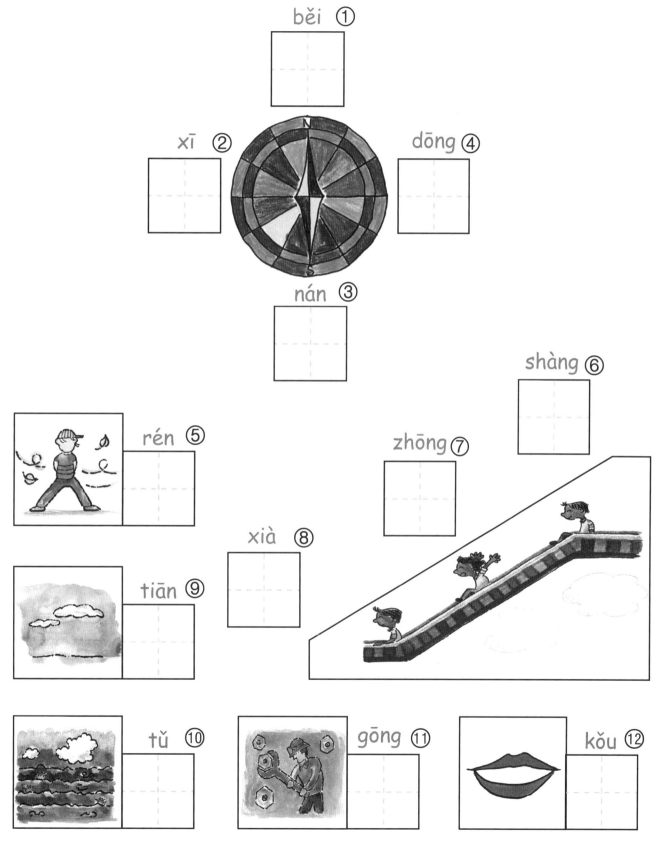

běi ①

xī ②

dōng ④

nán ③

shàng ⑥

rén ⑤

zhōng ⑦

xià ⑧

tiān ⑨

tǔ ⑩

gōng ⑪

kǒu ⑫

8 Count the strokes of each character.

1) 矮 (ǎi) 13 2) 直 (zhí) ___ 3) 短 (duǎn) ___ 4) 腿 (tuǐ) ___

5) 高 (gāo) ___ 6) 長 (cháng) ___ 7) 捲 (juǎn) ___ 8) 戴 (dài) ___

9 Write two characters for each radical.

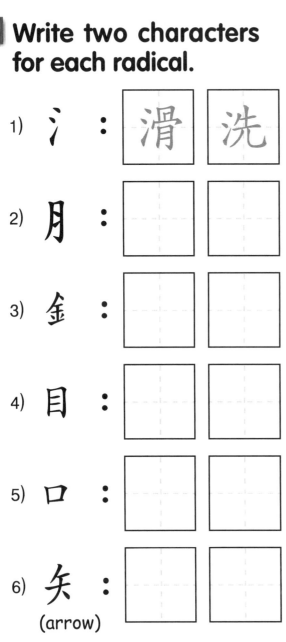

1) 氵： 滑　洗

2) 月：

3) 金：

4) 目：

5) 口：

6) 矢： (arrow)

10 Find the common part and write it down.

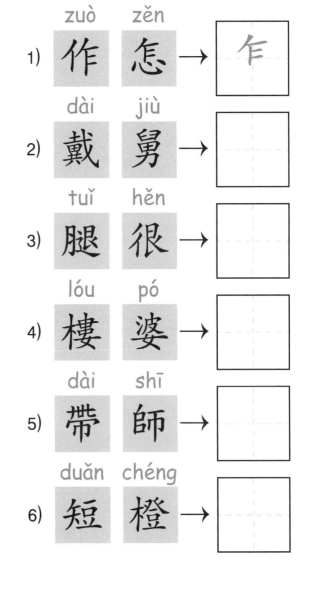

1) 作 (zuò) 怎 (zěn) → 乍

2) 戴 (dài) 舅 (jiù) →

3) 腿 (tuǐ) 很 (hěn) →

4) 樓 (lóu) 婆 (pó) →

5) 帶 (dài) 師 (shī) →

6) 短 (duǎn) 橙 (chéng) →

11 **Read the sentences and draw pictures.**

①
tā de liǎn yuán yuán de
她的臉圓圓的。

④
tā de tóu fa juǎn juǎn de
他的頭髮捲捲的。

②
tā de tóu fa hěn duǎn
他的頭髮很短。

⑤
nǎi nai de gè zi hěn ǎi
奶奶的個子很矮。

③
yé ye dài yǎn jìng
爺爺戴眼鏡。

⑥
wài gōng de tóu fa hěn shǎo
外公的頭髮很少。

12 Draw your mother/father and write a few sentences about her/him.

13 Trace the characters.

)	刀	月	月	刖	朋	朋	朋			
péng friend	朋	朋	朋	朋	朋					
一	ナ	方	友							
yǒu friend	友	友	友	友	友					
ノ	㇄	匕	矢	矢	矢	矢	矣	矧	矨	矮	矮	矮
ǎi short (of stature)	矮	矮	矮	矮	矮					

| | | ノ | ト | 上 | 乍 | 矢 | 矢 | 矢 | 知 | 知 | 知 | 短 | 短 |

| duǎn short (in length) | 短 | 短 | 短 | 短 | 短 | | |

| | ノ | 刀 | 月 | 月 | 月 | 月 | 月 | 脌 | 胆 | 胆 | 腿 | 腿 | 腿 |

| tuǐ leg | 腿 | 腿 | 腿 | 腿 | 腿 | | |

| | 一 | 丁 | 扌 | 扌 | 扩 | 护 | 护 | 拌 | 挟 | 捲 | 捲 |

| juǎn curl | 捲 | 捲 | 捲 | 捲 | 捲 | | |

| | 一 | 十 | 土 | 吉 | 吉 | 吉 | 声 | 壴 | 壴 | 章 | 童 | 戴 | 戴 | 戴 |

| dài wear (accessories) | 戴 | 戴 | 戴 | 戴 | 戴 | | |

| | ノ | ト | ト | 乍 | 午 | 全 | 金 | 金 | 金 | 釒 | 釒 | 釒 | 鈩 | 鏱 | 鏱 | 鐼 | 鏡 |

| jìng lens | 鏡 | 鏡 | 鏡 | 鏡 | 鏡 | | |

14 Write the time in Chinese.

① 6:00   六點   ② 9:15 _____ ③ 11:30 _____

④ 3:45 _____ ⑤ 6:40 _____ ⑥ 8:05 _____

第三課 她穿連衣裙

1 Trace the characters.

一 厂 厂 戸 乕 雨 雨 雩 雩 雲 雲 雲 雲						
yún cloud	雲	雲	雲	雲	雲		

一 丁 丆 石 石						
shí stone	石	石	石	石	石		

2 Fill in the blanks with the words in the box.

wù	lè	shān	kù	qún	shí
物	樂	衫	褲	裙	食
sè	guǒ	zi	guā	bāo	shēng
色	果	子	瓜	包	生

1) chèn 襯 衫

2) cháng 長 ____

3) duǎn 短 ____

4) hēi 黑 ____

5) shuǐ 水 ____

6) dòng 動 ____

7) huáng 黄 ____

8) líng 零 ____

9) kě 可 ____

10) chǐ 尺 ____

11) nán 男 ____

12) shū 書 ____

3 Colour in the pictures.

① lán tiān
藍天

② bái yún
白雲

③ hēi pí xié
黑皮鞋

④ huáng píng guǒ
黃蘋果

⑤ chéng sè de wà zi
橙色的襪子

⑥ fěn sè de xù shān
粉色的T恤衫

⑦ hóng dà yī
紅大衣

⑧ zǐ sè de lián yī qún
紫色的連衣裙

⑨ huī sè de xiǎo māo
灰色的小貓

⑩ lǜ sè de qiān bǐ
綠色的鉛筆

⑪ zōng sè de mǎ
棕色的馬

4 Circle the words as required.

dà 大	duǎn 短	cháng 長	kù 褲	pí 皮
lián 連	yī 衣	qún 裙	liáng 涼	xié 鞋
chèn 襯	fu 服	juǎn 捲	tóu 頭	nǎo 腦
xù T恤	shān 衫	zhí 直	fa 髮	yǎn 眼
shuǐ 水	wà 襪	zi 子	jing 睛	jìng 鏡

1) shirt √
2) dress
3) sandals
4) T-shirt
5) leather shoes
6) long pants
7) socks
8) short skirt
9) glasses
10) hair

5 Organize the words to form a sentence.

1)
zhù 住　bèi jīng 北京　zài 在　wài pó 外婆 。→

外婆住在北京。
___

2)
zài 在　gōng zuò 工作　ā yí 阿姨　shàng hǎi 上海 。→

___

3)
dài 戴　jiù jiu 舅舅　yǎn jìng 眼鏡　bú 不 。→

___

4)
dì di 弟弟　T恤衫 xù shān　chuān 穿　xǐ huan 喜歡 。→

___

18

6 Complete the sentences by drawing pictures.

wǒ xǐ huanchuān
1) 我喜歡穿：

wǒ xǐ huanchī
2) 我喜歡吃：

7 Connect the matching words.

xù   xié
1) T恤 •   • a) 鞋

liáng   shān
2) 涼 •   • b) 衫

wà   jìng
3) 襪 •   • c) 鏡

yǎn   kù
4) 眼 •   • d) 褲

cháng   zi
5) 長 •   • e) 子

8 Count the strokes of each character.

fú
1) 服 8

liáng
5) 涼 ____

lián
2) 連 ____

qún
6) 裙 ____

xié
3) 鞋 ____

pí
7) 皮 ____

shān
4) 衫 ____

wà
8) 襪 ____

9 **Choose a radical from the box to complete the character.**

氵 衤 米 彳 矢 火 辶 革

1) tā 他

2) duǎn 豆

3) liáng 京

4) chǎo 少

5) xié 圭

6) lián 車

7) fěn 分

8) wà 蔑

10 **Colour in the pictures and write the colour you used.**

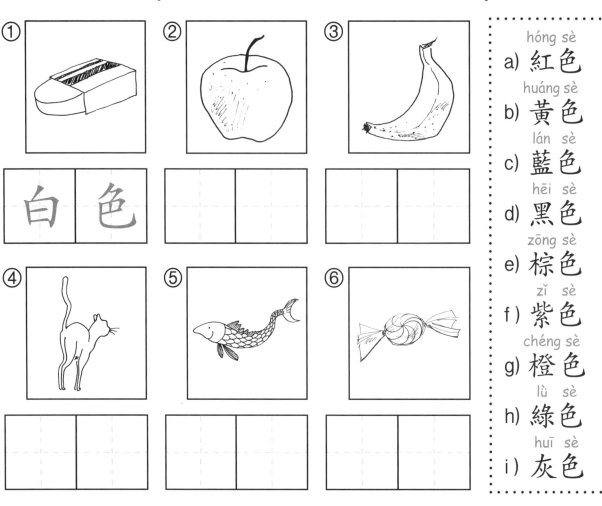

① 白 色

②

③

④

⑤

⑥

a) hóng sè 紅色
b) huáng sè 黃色
c) lán sè 藍色
d) hēi sè 黑色
e) zōng sè 棕色
f) zǐ sè 紫色
g) chéng sè 橙色
h) lǜ sè 綠色
i) huī sè 灰色

11 Complete the sentences.

wǒ bà ba xǐ huan chuān
1) 我爸爸喜歡 穿＿＿＿＿＿＿＿＿＿＿＿＿＿＿＿＿＿。

wǒ mā ma xǐ huan
2) 我媽媽喜歡＿＿＿＿＿＿＿＿＿＿＿＿＿＿＿＿＿。

wǒ
3) 我＿＿＿＿＿＿＿＿＿＿＿＿＿＿＿＿＿＿＿＿＿＿。

wǒ de hàn yǔ lǎo shī
4) 我的漢語老師＿＿＿＿＿＿＿＿＿＿＿＿＿＿＿＿＿。

12 Write the common radical and its meaning.

tuǐ jiǎo liǎn
1) 腿 腳 臉 → 月 ＿＿flesh＿＿

yǎn jīng kàn
2) 眼 睛 看 → ＿＿＿＿＿＿

jiào chī hē
3) 叫 吃 喝 → ＿＿＿＿＿＿

shān kù chèn
4) 衫 褲 襯 → ＿＿＿＿＿＿

guì zhuō yǐ
5) 櫃 桌 椅 → ＿＿＿＿＿＿

xǐ zǎo yù
6) 洗 澡 浴 → ＿＿＿＿＿＿

13 Write two characters for each radical.

1) 氵：滑 ☐

2) 衤：☐ ☐

3) 辶：☐ ☐

4) 冫：☐ ☐

5) 穴：☐ ☐

6) 犭：☐ ☐

14 Fill in the missing character to form another word.

1)
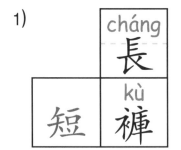

2)
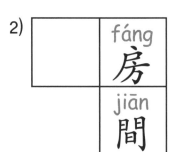

3)

4)
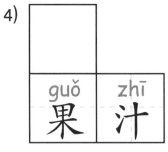

5)
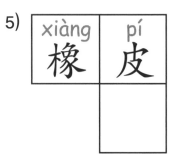

6)
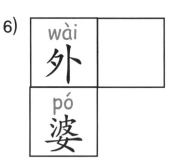

15 Trace the characters.

一	厂	厅	后	百	亘	車	連	連	連	連

lián / link	連	連	連	連	連			

丶	丿	才	衤	衤	衤	衤	衤	衤	襪	襪	襪	襪	襪	襪	襪

wà / socks	襪	襪	襪	襪			

一 十 卄 芊 芊 芢 芦 苦 苴 革 革 鞋 鞋 鞋 鞋 鞋

| xié shoe | 鞋 | 鞋 | 鞋 | 鞋 | 鞋 | | |

丶 丶 氵 氵 汇 沪 泸 泸 涼 涼 涼

| liáng cool | 涼 | 涼 | 涼 | 涼 | 涼 | | |

16 Highlight the sentences with different colours.

① ⑥ mèi 妹	mei 妹	jīn 今	② tā 他	dài 戴	yǎn 眼	jìng 鏡。	→②
mei 妹	⑦ dì 弟	tiān 天	chuān 穿	lián 連	yī 衣	qún 裙。	→①
ài 愛	di 弟	③ wài 外	gōng 公	bù 不	gōng 工	zuò 作。	→③
kàn 看	jiǔ 九	④ wǒ 我	ài 愛	chī 吃	kuài 快	cān 餐。	→④
shū 書。	suì 歲。	⑤ tā 他	yǎng 養	le 了	xiǎo 小	māo 貓。	→⑤

↓⑥　↓⑦

17 Write the answers in Chinese.

1) 1 x 1 =　　　2) 1 x 2 =　　　3) 2 x 2 =

第四課　弟弟穿大衣

1 Trace the characters.

丿 几 凡 凡 凬 凬 風 風 風

| fēng
wind | 風 | 風 | 風 | 風 | 風 | | |

一 厂 厅 币 币 雨 雨 雨

| yǔ
rain | 雨 | 雨 | 雨 | 雨 | 雨 | | |

2 Circle the odd ones.

	máo yī	dà yī	shǒu tào		wài gōng	wài pó	wà zi
1)	毛衣	大衣	(手套)	6)	外公	外婆	襪子

	cháng kù	duǎn kù	tóu fa		tā men	ā yí	jiù jiu
2)	長褲	短褲	頭髮	7)	牠們	阿姨	舅舅

	pí xié	liáng xié	wéi jīn		mǐ fàn	wǎn shang	jī dàn
3)	皮鞋	涼鞋	圍巾	8)	米飯	晚上	雞蛋

	mào zi	chèn shān	xù shān		lǐ táng	cāo chǎng	xióng māo
4)	帽子	襯衫	T恤衫	9)	禮堂	操場	熊貓

	juǎn fà	yǎn jìng	zhí fà		hàn yǔ	yīng yǔ	míng zi
5)	捲髮	眼鏡	直髮	10)	漢語	英語	名字

3 **Draw pictures and colour them in.**

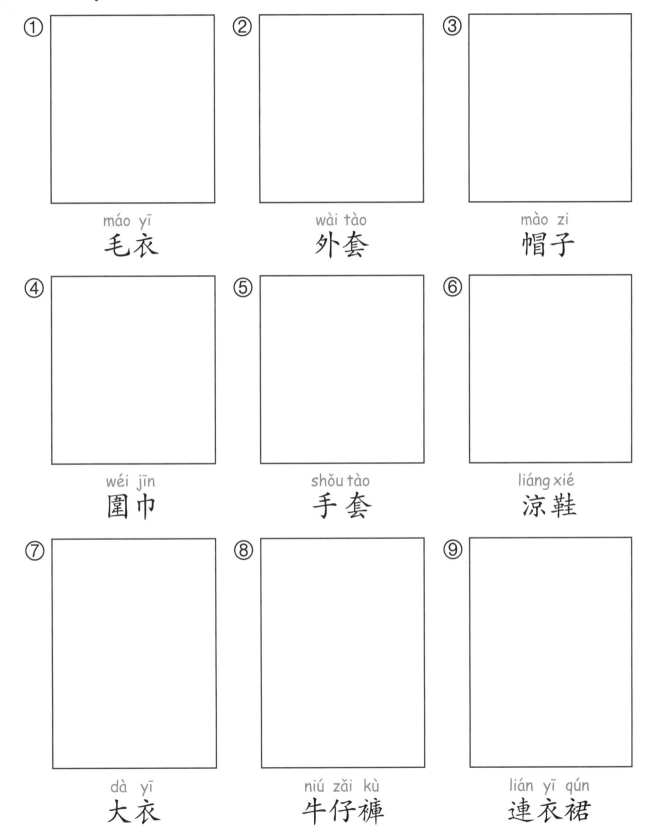

①
máo yī
毛衣

②
wài tào
外套

③
mào zi
帽子

④
wéi jīn
圍巾

⑤
shǒu tào
手套

⑥
liáng xié
涼鞋

⑦
dà yī
大衣

⑧
niú zǎi kù
牛仔褲

⑨
lián yī qún
連衣裙

4 Write the radicals.

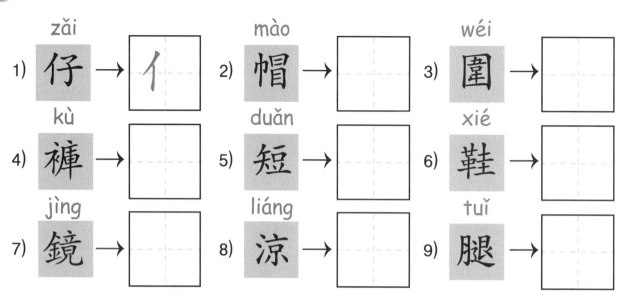

1) zǎi 仔 → 亻
2) mào 帽 →
3) wéi 圍 →
4) kù 褲 →
5) duǎn 短 →
6) xié 鞋 →
7) jìng 鏡 →
8) liáng 涼 →
9) tuǐ 腿 →

5 Connect the matching words.

1) máo 毛 ——— a) yī 衣
2) mào 帽 • • b) tào 套
3) wài 外 • • c) jīn 巾
4) wéi 圍 • • d) zi 子
5) pí 皮 • • e) qún 裙
6) xù T恤 • • f) shān 衫
7) duǎn 短 • • g) xié 鞋

6 Circle the words as required.

shǒu 手	wài 外	wéi 圍	duǎn 短	cháng 長
tào 套	jīn 巾	lián 連	yī 衣	qún 裙
mào 帽	chèn 襯	shān 衫	xiào 校	fú 服
wà 襪	zi 子	niú 牛	zǎi 仔	kù 褲

1) gloves √   6) long skirt
2) dress   7) short skirt
3) scarf   8) socks
4) hat   9) school uniform
5) jeans   10) shirt

7 Fill in the blanks with the words in the box. Write the letters.

chuān dài qí hē huá kàn tī chī
a) 穿 b) 戴 c) 騎 d) 喝 e) 滑 f) 看 g) 踢 h) 吃

mā ma　　yǎn jìng
1) 媽媽 __b__ 眼鏡。

bà ba xǐ huan　　niú zǎi kù
2) 爸爸喜歡____牛仔褲。

yé ye bù xǐ huan　　niú nǎi
3) 爺爺不喜歡____牛奶。

nǎi nai xǐ huan　　miàn tiáo
4) 奶奶喜歡____麵條。

gē ge xǐ huan　　bīng
5) 哥哥喜歡____冰。

jiě jie xǐ huan　　diàn yǐng
6) 姐姐喜歡____電影。

dì di xǐ huan　　zú qiú
7) 弟弟喜歡____足球。

wǒ měi tiān dōu　　zì xíng chē
8) 我每天都____自行車。

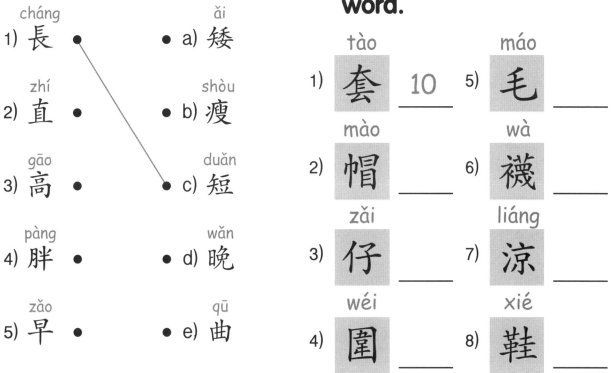

8 Connect the opposite words.

cháng
1) 長 •

zhí
2) 直 •

gāo
3) 高 •

pàng
4) 胖 •

zǎo
5) 早 •

ǎi
• a) 矮

shòu
• b) 瘦

duǎn
• c) 短

wǎn
• d) 晚

qū
• e) 曲

9 Count the strokes of each word.

tào
1) 套 10

mào
2) 帽 ____

zǎi
3) 仔 ____

wéi
4) 圍 ____

máo
5) 毛 ____

wà
6) 襪 ____

liáng
7) 涼 ____

xié
8) 鞋 ____

10 Write the characters.

① zhí qū ② yún ③

④ shí ⑤ rén ⑥ mù

⑦ lì ⑧ mù ⑨ tián

11 Fill in the missing character to form another word.

① 外 wài 公
　 婆 pó

② 外 wài
　 套 tào

③ ___ 衣 yī
　 服 fu

④ 牛 niú 仔 zǎi 裤 kù

12 Organize the words to form a sentence.

1) 大衣   今天   穿   弟弟   。 → 弟弟今天穿大衣。
　dà yī   jīn tiān   chuān   dì di

2) 妹妹   戴   喜歡   帽子   。
　mèi mei   dài   xǐ huan   mào zi

　→＿＿＿＿＿＿＿＿＿＿＿＿＿＿＿＿＿

3) 牛仔褲   我   穿   喜歡   。
　niú zǎi kù   wǒ   chuān   xǐ huan

　→＿＿＿＿＿＿＿＿＿＿＿＿＿＿＿＿＿

4) T恤衫   每天   姐姐   穿   都   。
　xù shān   měi tiān   jiě jie   chuān   dōu

　→＿＿＿＿＿＿＿＿＿＿＿＿＿＿＿＿＿

13 Draw the structure of each character.

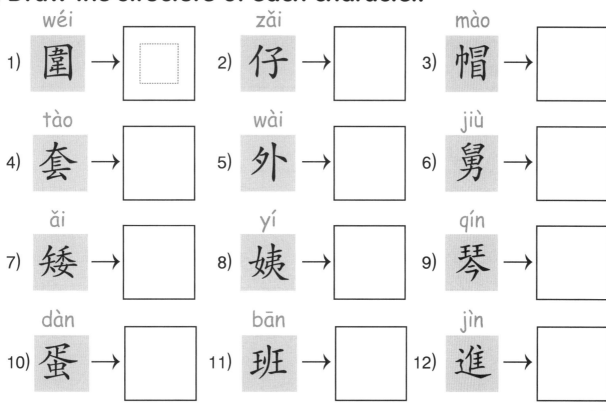

1) wéi 圍 → ☐

2) zǎi 仔 → ☐

3) mào 帽 → ☐

4) tào 套 → ☐

5) wài 外 → ☐

6) jiù 舅 → ☐

7) ǎi 矮 → ☐

8) yí 姨 → ☐

9) qín 琴 → ☐

10) dàn 蛋 → ☐

11) bān 班 → ☐

12) jìn 進 → ☐

14 Change each sentence into a negative one.

mā ma ài chuān lián yī qún
1) 媽媽愛穿連衣裙。→ 媽媽不愛穿連衣裙。

jiù jiu de gè zi hěn gāo
2) 舅舅的個子很高。→ _____

dì di xǐ huan kàn diàn shì
3) 弟弟喜歡看電視。→ _____

bà ba dài yǎn jìng
4) 爸爸戴眼鏡。→ _____

15 Trace the characters.

ノ	ニ	三	毛				
máo wool	毛	毛	毛	毛	毛		
一	ナ	大	太	本	本	奔	套 套 套
tào cover	套	套	套	套	套		
ノ	亻	亻	仔	仔			
zǎi a young man	仔	仔	仔	仔	仔		

| | 丿 | 冂 | 巾 | 巾 | 帉 | 帉 | 帉 | 帉 | 帽 | 帽 | 帽 | 帽 |

| mào hat | 帽 | 帽 | 帽 | 帽 | 帽 | | |

| | 丨 | 冂 | 冂 | 冃 | 圉 | 圉 | 圉 | 圉 | 圉 | 圍 | 圍 | 圍 |

| wéi enclose | 圍 | 圍 | 圍 | 圍 | 圍 | | |

16 **Colour in the pictures and write a sentence for each picture.**

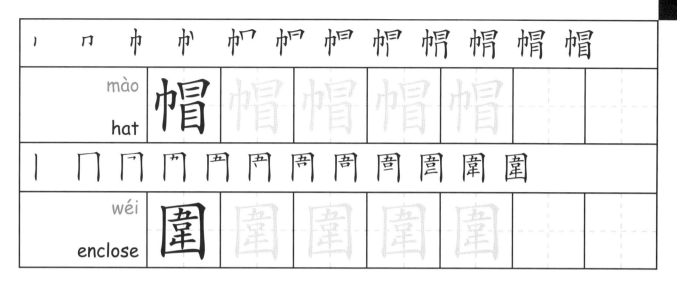

① _____

_____

_____

_____

② _____

_____

_____

_____

③ _____

_____

_____

_____

31

dì wǔ kè zuó tiān xià xuě le

第五課 昨天下·雪了

1 Trace the characters.

丶 亠 六 立 立						

lì stand	立	立	立	立	立		

| 丨 屮 山 | | | | | | |

shān mountain	山	山	山	山	山		

2 Read aloud the pinyin. Write the meaning of each word.

1) zōng sè _____brown_____

2) shēng rì _____

3) nǎi nai _____

4) péng you _____

5) gōng zuò _____

6) kě ài _____

7) shàng xué _____

8) kē xué _____

9) yǔ yán _____

10) yǎn jìng _____

3 **Answer the questions according to the calendar.**

二〇一六年						五月
星期日	星期一	星期二	星期三	星期四	星期五	星期六
1	2	3	4	5	6	7
8	9	⑩ 今天	11	12	13	14
15	16	17	18	19	20	21
22	23	24	25	26	27	28
29	30	31				

jīn tiān xīng qī jǐ
1) 今天 星期幾?

今天星期二。

jīn tiān jǐ yuè jǐ hào
2) 今天幾月幾號?

zuó tiān xīng qī jǐ
3) 昨天 星期幾?

zuó tiān jǐ yuè jǐ hào
4) 昨天幾月幾號?

míng tiān jǐ yuè jǐ hào
5) 明 天幾月幾號?

míng tiān xīng qī jǐ
6) 明 天 星期幾?

4 Write the radicals.

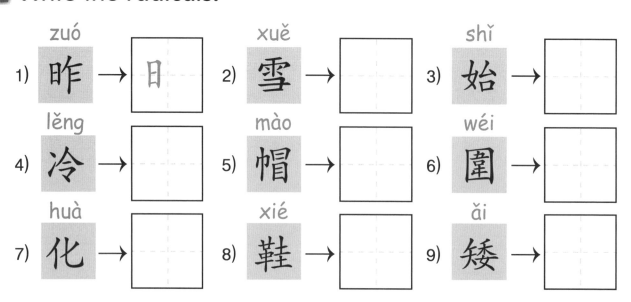

1) zuó 昨 → 日
2) xuě 雪 →
3) shǐ 始 →
4) lěng 冷 →
5) mào 帽 →
6) wéi 圍 →
7) huà 化 →
8) xié 鞋 →
9) ǎi 矮 →

5 Look, read and match.

1) lěng 冷 [d]
2) rè 熱 [ ]
3) xià xuě 下雪 [ ]
4) guā fēng 颱風 [ ]
5) xià dà yǔ 下大雨 [ ]
6) xià xiǎo yǔ 下小雨 [ ]

ⓐ ⓓ
ⓑ ⓔ
ⓒ ⓕ

6 **Write the numbers in Chinese.**

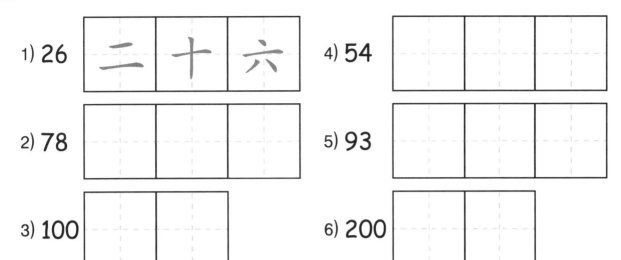

1) 26   二 十 六   4) 54

2) 78   5) 93

3) 100   6) 200

7 **Choose a radical from the box to complete the character.**

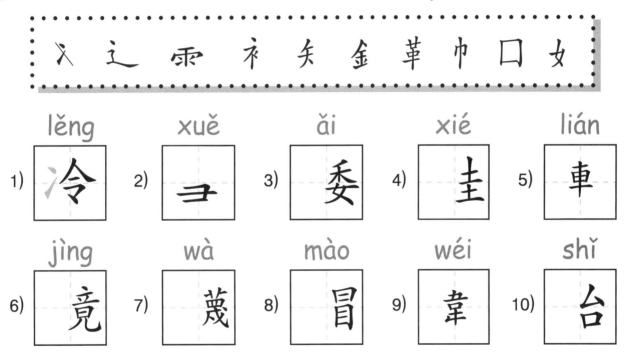

丬 辶 雨 衤 矢 金 革 巾 口 女

lěng   xuě   ǎi   xié   lián

1) 冷   2) 彐   3) 委   4) 圭   5) 車

jìng   wà   mào   wéi   shǐ

6) 竟   7) 蔑   8) 冒   9) 韋   10) 台

8 **Write from a three-stroke character to a ten-stroke character.**

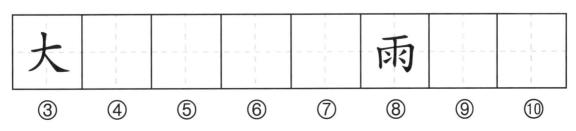

大   雨

③   ④   ⑤   ⑥   ⑦   ⑧   ⑨   ⑩

9 **Write the characters.**

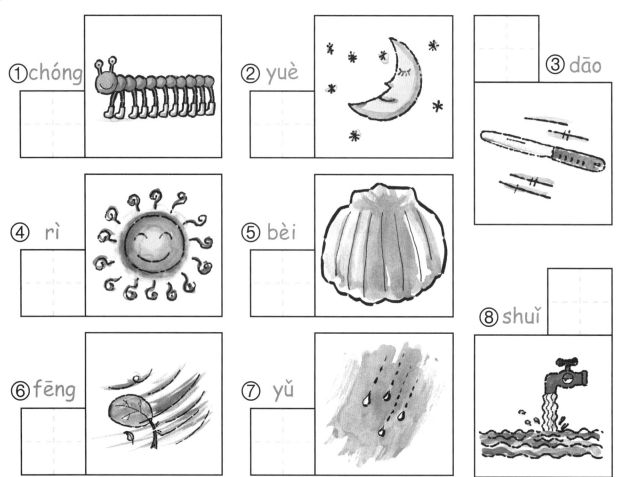

① chóng
② yuè
③ dāo
④ rì
⑤ bèi
⑥ fēng
⑦ yǔ
⑧ shuǐ

10 **Add a character to make a word. You may write pinyin.**

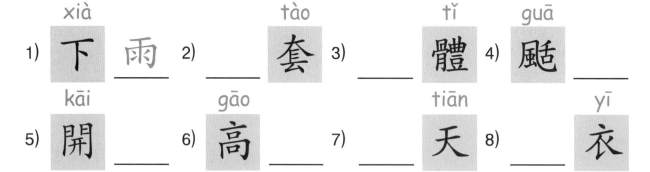

	xià			tào			tǐ		guā
1)	下	雨	2)	___	套	3)	___	體	4)	颱 ___

	kāi			gāo			tiān			yī
5)	開 ___		6)	高 ___		7)	___	天	8)	___ 衣

11 **Add one stroke to make another character.**

二	口	人	了	日	木	云	米

12 Write the characters.

①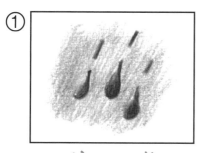

xià   yǔ

②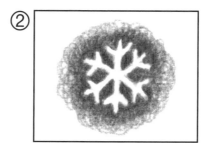

xià   xuě

③

guā   fēng

④

lěng

⑤

rè

13 Draw a snowman with clothes on and describe the picture.

小雪人穿

14 Fill in the blanks with the words in the box.

shén me	nǎr	zěn me	jǐ	nǎ	shéi
什麼	哪兒	怎麼	幾	哪	誰

nǐ jiā yǒu   kǒu rén
1) 你家有＿＿＿口人？

nǐ shì   guó rén
4) 你是＿＿＿國人？

nǐ jiā yǒu
2) 你家有＿＿＿？

nǐ shǔ
5) 你屬＿＿＿？

nǐ měi tiān   shàng xué
3) 你每天＿＿＿上學？

nǐ men jiā zhù zài
6) 你們家住在＿＿＿？

15 Trace the characters.

｜	冂	日	日	日	旷	昨	昨	昨		

zuó yesterday	昨	昨	昨	昨	昨		

一	厂	广	币	乑	雪	雪	雫	雪	雪	雪

xuě snow	雪	雪	雪	雪	雪		

丶	冫	冫	冫	泠	泠	冷	冷			

lěng cold	冷	冷	冷	冷	冷		

丿 丨 ⺊ ⺊ 𦥑 … 興 (stroke order)						
xìng excitement	興	興	興	興	興		
丿 几 凡 凡 凡 凡 風 風 風 風 颩 颩 颳 颳 颳						
guā blow (of wind)	颳	颳	颳	颳	颳		
丿 亻 ⺈ 𠂉 自 身 身						
shēn body	身	身	身	身	身		
丨 𠃍 ⺁ 户 戸 門 門 門 門 閂 開 開						
kāi start	開	開	開	開	開		
𡿨 女 女 如 如 始 始 始						
shǐ start	始	始	始	始	始		
丿 亻 亻 化						
huà melt	化	化	化	化	化		
丨 冂 日 日 日 明 明 明						
míng next	明	明	明	明	明		

dì liù kè   xiǎo hóu zi
第六課 小猴子

1 Trace the characters.

一 二 千 禾 禾						
hé seedling	禾	禾	禾	禾	禾	
ノ ㇒ 竹 竹 竹 竹 竹						
zhú bamboo	竹	竹	竹	竹	竹	

2 Write the time in Chinese.

diǎn
a) 點

kè
b) 刻

fēn
c) 分

bàn
d) 半

líng
e) 零

①

②

③

三點

④

⑤

⑥

3 Circle the action words.

chuān 穿	lěng 冷	kàn 看	shuō 説	tán 彈	fēng 風	chī 吃	xuě 雪
yǔ 雨	qù 去	dài 戴	tī 踢	rè 熱	huà 化	liáng 涼	dú 讀

4 Connect the matching words.

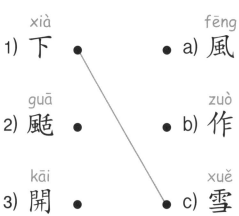

xià
1) 下 •

fēng
• a) 風

guā
2) 颳 •

zuò
• b) 作

kāi
3) 開 •

xuě
• c) 雪

gōng
4) 工 •

shū
• d) 書

kàn
5) 看 •

shǐ
• e) 始

qí
6) 騎 •

shuǐ
• f) 水

chǎo
7) 炒 •

mǎ
• g) 馬

hē
8) 喝 •

miàn
• h) 麵

5 Write the common radical.

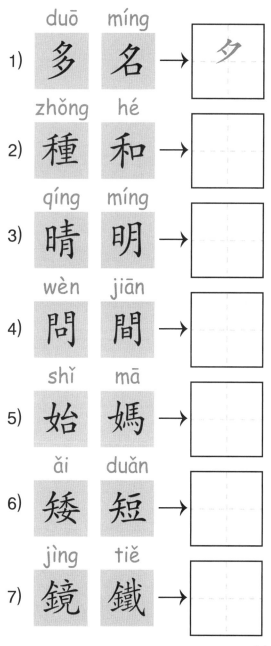

1) duō 多　míng 名 → 夕

2) zhǒng 種　hé 和 →

3) qíng 晴　míng 明 →

4) wèn 問　jiān 間 →

5) shǐ 始　mā 媽 →

6) ǎi 矮　duǎn 短 →

7) jìng 鏡　tiě 鐵 →

6 Answer the questions in Chinese or in pinyin.

1)
jīn tiān jǐ yuè jǐ hào
今天幾月幾號？

_____

2)
jīn tiān xīng qī jǐ
今天星期幾？

_____

3)
míng tiān xīng qī jǐ
明天星期幾？

_____

4)
nǐ xǐ huan xià xuě ma
你喜歡下雪嗎？

_____

5)
nǐ xǐ huan shén me tiān qì
你喜歡 什麼天氣？

_____

6)
jīn tiān lěng ma
今天冷嗎？

_____

7 Write the characters.

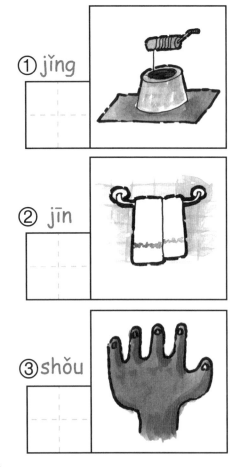

① jǐng

② jīn

③ shǒu

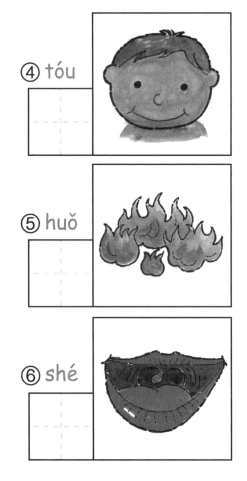

④ tóu

⑤ huǒ

⑥ shé

42

8 Read and match.

C	1) zǎo shang qī diǎn bàn 早上七點半		ⓐ 21:40
	2) zhōng wǔ shí èr diǎn yí kè 中午十二點一刻		ⓑ 15:05
	3) wǎn shang jiǔ diǎn sì shí fēn 晚上九點四十分		ⓒ 07:30
	4) shàng wǔ shí yī diǎn sān kè 上午十一點三刻		ⓓ 06:35
	5) xià wǔ sān diǎn líng wǔ fēn 下午三點零五分		ⓔ 12:15
	6) zǎo shang liù diǎn sān shí wǔ fēn 早上六點三十五分		ⓕ 11:45

9 Choose a radical from the box to complete the character.

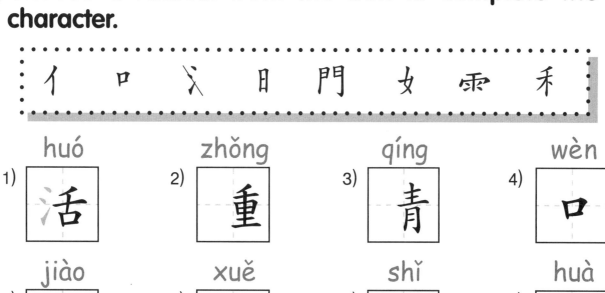

亻	口	氵	日	門	女	雨	禾

huó
1) 活

zhǒng
2) 重

qíng
3) 青

wèn
4) 口

jiào
5)

xuě
6)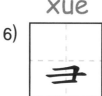

shǐ
7) 台

huà
8) 匕

43

10 Write in Chinese.

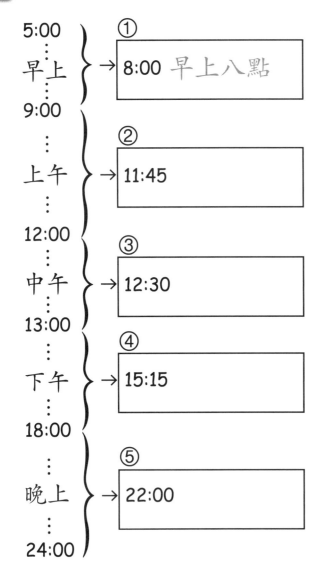

5:00
⋮
早上
9:00
⋮
上午
⋮
12:00
⋮
中午
13:00
⋮
下午
⋮
18:00
⋮
晚上
⋮
24:00

① 8:00 早上八點

② 11:45

③ 12:30

④ 15:15

⑤ 22:00

11 Answer the questions.

1) 你早上幾點起牀?

_____

nǐ jǐ diǎn qù shàng xué
2) 你幾點去上學?

_____

nǐ men jǐ diǎn fàng xué
3) 你們幾點放學?

_____

nǐ yì bān jǐ diǎn shuì jiào
4) 你一般幾點睡覺?

_____

12 Count the strokes of each character.

wǔ	gàn	rè	huó
1) 午 4	2) 幹 ___	3) 熱 ___	4) 活 ___

qíng	hóu	jiào	wèn
5) 晴 ___	6) 猴 ___	7) 叫 ___	8) 問 ___

44

13 Read the sentences, draw pictures and colour them in.

bà ba zài chú fáng gàn huór
1) 爸爸在廚房幹活兒。

mā ma zài kè tīng chī fàn
4) 媽媽在客廳吃飯。

jiě jie zài kè tīng tán gāng qín
2) 姐姐在客廳彈鋼琴。

gē ge zài tú shū guǎn kàn shū
5) 哥哥在圖書館看書。

mèi mei zài kè tīng kàn diàn shì
3) 妹妹在客廳看電視。

dì di zài xué xiào tī zú qiú
6) 弟弟在學校踢足球。

14 Write the characters.

①

duō   yún

②

xià   xuě

③

xià   dà   yǔ

④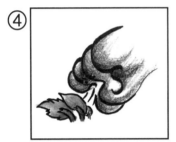

guā   fēng

⑤

qíng   tiān

⑥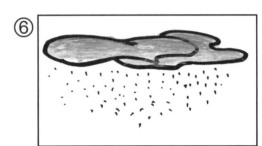

xià   xiǎo   yǔ

15 Translate the sentences.

nǎi nai jiào wǒ chuān dà yī
1) 奶奶叫我穿大衣。＿＿＿＿＿＿＿＿＿＿＿＿＿＿＿

wài pó jiào wǒ shuō xiè xie
2) 外婆叫我说谢谢。＿＿＿＿＿＿＿＿＿＿＿＿＿＿＿

mā ma jiào wǒ kuài qǐ chuáng
3) 媽媽叫我快起牀。＿＿＿＿＿＿＿＿＿＿＿＿＿＿＿

lǎo shī jiào wǒ wèn bà ba
4) 老師叫我問爸爸。＿＿＿＿＿＿＿＿＿＿＿＿＿＿＿

46

16 Fill in the blanks with the words in the box.

yǔ yī	máo yī	wài tào	dà yī	cháng kù	duǎn kù	xù shān
雨衣	毛衣	外套	大衣	長褲	短褲	T恤衫

mào zi	shǒu tào	wéi jīn	pí xié	liáng xié	chèn shān	lián yī qún
帽子	手套	圍巾	皮鞋	涼鞋	襯衫	連衣裙

jīn tiān xià dà yǔ　　wǒ chuān
1) 今天下大雨。我穿＿＿＿雨衣＿＿＿。

jīn tiān duō yún　　bù lěng　　wǒ chuān
2) 今天多雲，不冷。我穿＿＿＿＿＿。

jīn tiān hěn rè　　wǒ chuān　　　　jiǎo shang chuān
3) 今天很熱。我穿＿＿＿，腳上穿＿＿＿。

jīn tiān xià dà xuě　　wǒ dài
4) 今天下大雪。我戴＿＿＿＿＿。

jīn tiān guā dà fēng　　xià dà xuě　　wǒ chuān
5) 今天颳大風，下大雪。我穿＿＿＿＿＿。

17 Write the answers in Chinese.

1) 1 x 2 =　　　　5) 1 x 4 =

2) 2 x 2 =　　　　6) 2 x 4 =

3) 1 x 3 =　　　　7) 3 x 4 =

4) 3 x 3 =　　　　8) 4 x 4 =

18 Read aloud and write down the meaning of each word.

1) zǐ sè ___purple___

2) shù xué _____

3) zuó tiān _____

4) tóng xué _____

5) zhōng guó _____

6) jiào shì _____

7) hàn yǔ _____

8) gāo xìng _____

9) xiàn zài _____

10) míng tiān _____

19 Circle the odd ones.

1) rè 熱　lěng 冷　(wèn 問)

2) líng 零　yǔ 雨　xuě 雪

3) xié 鞋　kù 褲　lǐ 禮

4) chuān 穿　dài 戴　juǎn 捲

5) chī 吃　duǎn 短　cháng 長

6) shàng wǔ 上午　shàng kè 上課　shàng bān 上班

7) gāo xìng 高興　tiān qíng 天晴　duō yún 多雲

8) tī qiú 踢球　jī dàn 雞蛋　huá bīng 滑冰

9) zuó tiān 昨天　míng tiān 明天　xià xuě 下雪

10) liáng xié 涼鞋　yǎn jìng 眼鏡　wà zi 襪子

20 Trace the characters.

一　ナ　大　太

| tài
quite; too | 太 | 太 | 太 | 太 | | |

48

| 一 | 十 | 十 | 古 | 古 | 古 | 直 | 卓 | 車 | 軒 | 軒 | 軒 | 幹 |

<table>
<tr><td>gàn
do; work</td><td>幹</td><td>幹</td><td>幹</td><td>幹</td><td>幹</td><td></td><td></td></tr>
</table>

| 丶 | 丶 | 氵 | 氵 | 汁 | 泮 | 汗 | 活 | 活 |

<table>
<tr><td>huó
work</td><td>活</td><td>活</td><td>活</td><td>活</td><td>活</td><td></td><td></td></tr>
</table>

| 丿 | 二 | 千 | 禾 | 禾 | 秆 | 秬 | 秭 | 秮 | 稆 | 種 | 種 | 種 |

<table>
<tr><td>zhǒng
kind; type</td><td>種</td><td>種</td><td>種</td><td>種</td><td>種</td><td></td><td></td></tr>
</table>

| 丿 | 卢 | 气 | 气 | 气 | 氙 | 氙 | 氣 | 氣 |

<table>
<tr><td>qì
weather</td><td>氣</td><td>氣</td><td>氣</td><td>氣</td><td>氣</td><td></td><td></td></tr>
</table>

| 丨 | 冂 | 月 | 日 | 日ㄱ | 日ㄱ | 日丰 | 晴 | 晴 | 晴 | 晴 |

<table>
<tr><td>qíng
fine; sunny</td><td>晴</td><td>晴</td><td>晴</td><td>晴</td><td>晴</td><td></td><td></td></tr>
</table>

| 丨 | 冂 | 冂 | 冏 | 閂 | 閂 | 門 | 門 | 門 | 問 | 問 | 問 |

<table>
<tr><td>wèn
ask</td><td>問</td><td>問</td><td>問</td><td>問</td><td>問</td><td></td><td></td></tr>
</table>

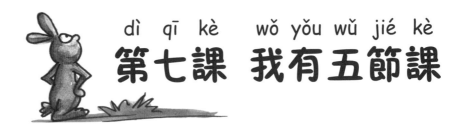

第七課 我有五節課

1 Trace the characters.

一 二 干 王					
wáng king 王	王	王	王	王	

一 二 干 王 玉					
yù jade 玉	玉	玉	玉	玉	

2 Write the country names in Chinese or in pinyin.

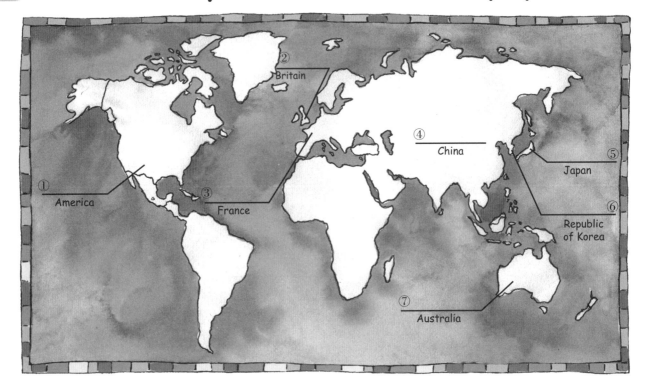

50

3 **Draw the structure of each character.**

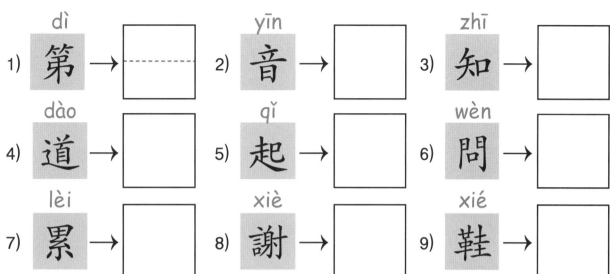

1) dì 第 →
2) yīn 音 →
3) zhī 知 →
4) dào 道 →
5) qǐ 起 →
6) wèn 問 →
7) lèi 累 →
8) xiè 謝 →
9) xié 鞋 →

4 **Read the words, draw pictures and colour them in.**

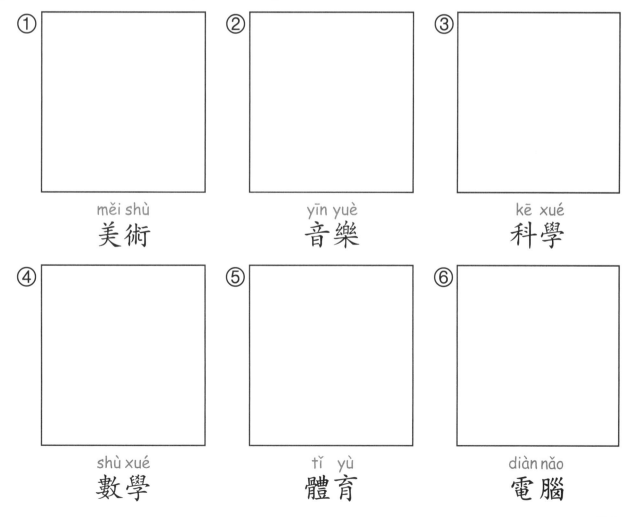

① měi shù 美術
② yīn yuè 音樂
③ kē xué 科學
④ shù xué 數學
⑤ tǐ yù 體育
⑥ diàn nǎo 電腦

5 **Answer the questions. You may write pinyin if you cannot write characters.**

nǐ jīn nián jǐ suì　　nǐ shàng jǐ nián jí
1) 你今年幾歲？你上幾年級？

_____

nǐ huì shuō shén me yǔ yán
2) 你會説什麽語言？

_____

nǐ jīn tiān yǒu jǐ jié kè　　nǐ xǐ huan shàng shén me kè
3) 你今天有幾節課？你喜歡上什麽課？

_____

nǐ men bān yǒu duō shao ge xué shēng　　tā men shì nǎ guó rén
4) 你們班有多少個學生？他們是哪國人？

_____

6 **Read aloud and write down the meaning of each word.**

1) cāo chǎng _____playground_____　　5) lǐ táng _____

2) qǐ chuáng _____　　6) xiào chē _____

3) shàng xué _____　　7) dì tiě _____

4) shàng bān _____　　8) shuì jiào _____

7 Match the place with the Chinese.

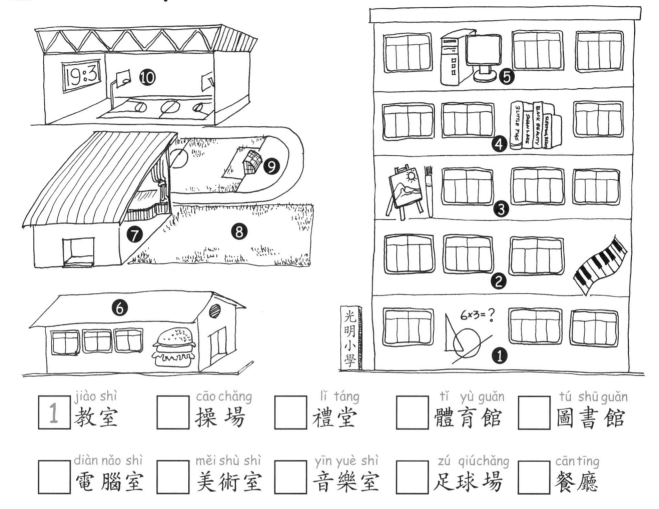

jiào shì **1** 教室	cāo chǎng 操場	lǐ táng 禮堂	tǐ yù guǎn 體育館	tú shū guǎn 圖書館
diàn nǎo shì 電腦室	měi shù shì 美術室	yīn yuè shì 音樂室	zú qiú chǎng 足球場	cān tīng 餐廳

8 Write the radicals.

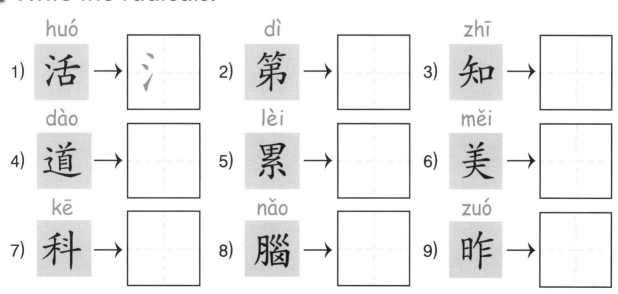

1) huó 活 → 氵

2) dì 第 →

3) zhī 知 →

4) dào 道 →

5) lèi 累 →

6) měi 美 →

7) kē 科 →

8) nǎo 腦 →

9) zuó 昨 →

9 Draw your school uniform and colour it in. Write a few sentences to describe it.

nán shēng　　nǚ shēng de xiào fú
男 生 / 女 生 的 校 服

_____

_____

_____

_____

_____

10 Circle the words as required.

shàng 上	xià 下	zhī 知	xiào 校	chē 車
měi 美	kè 課	dao 道	yī 衣	fu 服
shù 術	běn 本	yīn 音	diàn 電	shì 視
kē 科	xué 學	shēng 生	yuè 樂	nǎo 腦

1) attend a class　√

2) school bus

3) art

4) science

5) know

6) music

7) computer

8) student

54

11 Answer the questions in Chinese or in pinyin.

nǐ zhī dao nǐ men xué xiào de diàn huà hào mǎ ma
1) 你知道你們學校的電話號碼嗎?

_____

nǐ zhī dao nǐ men jiā jīn tiān wǎn fàn chī shén me ma
2) 你知道你們家今天晚飯吃什麼嗎?

_____

nǐ zhī dao nǐ men xué xiào yǒu duō shao ge hàn yǔ lǎo shī ma
3) 你知道你們學校有多少個漢語老師嗎?

_____

12 Write the meaning of each word.

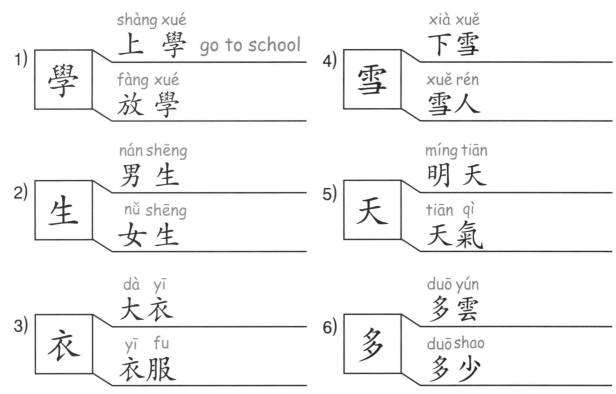

1) 學
shàng xué
上 學 go to school
fàng xué
放 學

2) 生
nán shēng
男 生
nǚ shēng
女 生

3) 衣
dà yī
大 衣
yī fu
衣 服

4) 雪
xià xuě
下 雪
xuě rén
雪 人

5) 天
míng tiān
明 天
tiān qì
天 氣

6) 多
duō yún
多 雲
duō shao
多 少

13 Choose the characters in the box to make words.

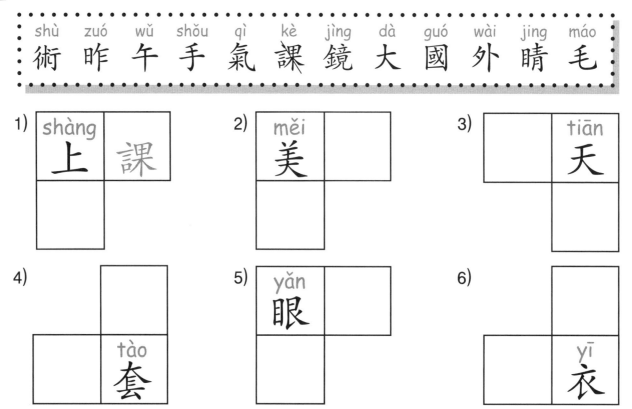

shù	zuó	wǔ	shǒu	qì	kè	jìng	dà	guó	wài	jing	máo
術	昨	午	手	氣	課	鏡	大	國	外	晴	毛

1) shàng 上 課

2) měi 美

3) tiān 天

4) tào 套

5) yǎn 眼

6) yī 衣

14 Trace the characters.

ノ ヶ ﾟ ﾟ 𥫱 𥫱 𥫱 笁 筲 箁 箁 筲 節 節

jié
a measure word
節 節 節 節 節

丶 亠 ﾟ ﾟ 言 言 言 訂 訊 訊 誤 誤 課 課

kè
lesson; class
課 課 課 課 課

ノ ﾟ ﾟ 𥫱 𥫱 𥫱 笁 笁 笁 第 第

dì
a prefix
第 第 第 第 第

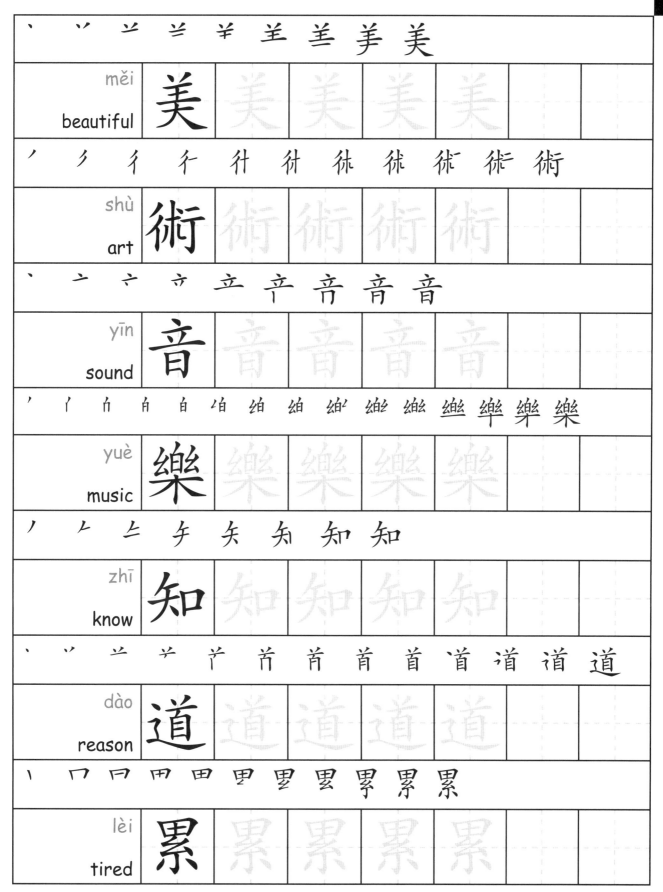

`丶　丷　丷　丷　丷　半　羊　羊　美`

měi / beautiful — 美

`丿　彳　彳　彳　升　彴　秫　秫　秫　術　術`

shù / art — 術

`丶　亠　宀　立　立　产　音　音`

yīn / sound — 音

`丿　亻　白　白　白　伯　丝　纱　乡　丝　丝　樂　樂　樂`

yuè / music — 樂

`丿　匕　匕　知　矢　知　知　知`

zhī / know — 知

`丷　丷　丷　丷　产　首　首　首　首　道　道　道`

dào / reason — 道

`丶　口　日　田　田　里　里　累　累　累`

lèi / tired — 累

dì bā kè　wǒ de shū bāo

第八課 我的書包

1 Trace the characters.

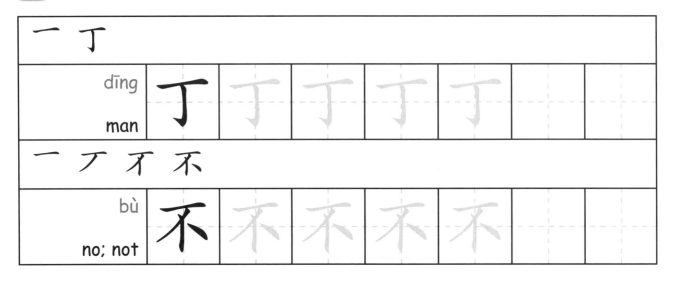

一 丁						
dīng man　丁	丁	丁	丁	丁		

一 フ オ 不						
bù no; not　不	不	不	不	不		

2 Draw pictures and colour them in.

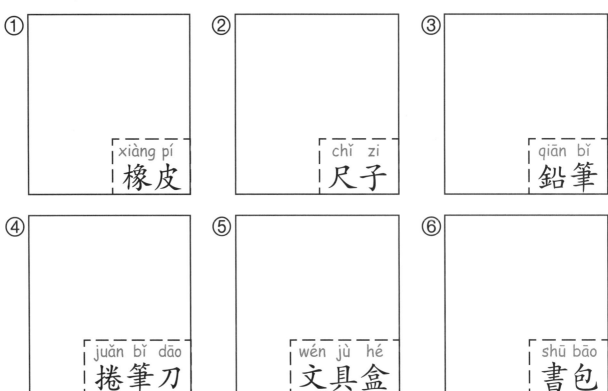

① xiàng pí 橡皮

② chǐ zi 尺子

③ qiān bǐ 鉛筆

④ juǎn bǐ dāo 捲筆刀

⑤ wén jù hé 文具盒

⑥ shū bāo 書包

3 Write the common part.

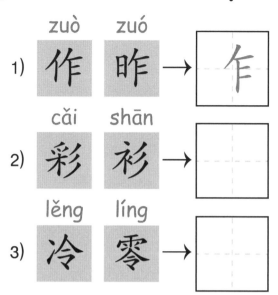

1) zuò 作 zuó 昨 → 乍

2) cǎi 彩 shān 衫 →

3) lěng 冷 líng 零 →

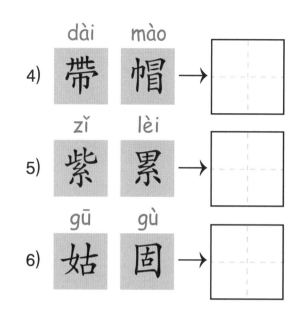

4) dài 帶 mào 帽 →

5) zǐ 紫 lèi 累 →

6) gū 姑 gù 固 →

4 Answer the questions.

1) nǐ nǎ nián chū shēng
你哪年出生？

_____

2) nǐ de shēng rì shì jǐ yuè jǐ hào
你的生日是幾月幾號？

_____

3) nǐ jīn nián jǐ suì
你今年幾歲？

_____

4) nǐ shàng jǐ nián jí
你上幾年級？

_____

5) nǐ jīn tiān chuān shén me yī fu
你今天穿什麼衣服？

_____

6) nǐ huì shuō shén me yǔ yán
你會説什麼語言？

_____

7) nǐ xǐ huan shàng shén me kè
你喜歡上什麼課？

_____

8) nǐ xǐ huan nǎ ge lǎo shī
你喜歡哪個老師？

_____

5 **Read the phrases, draw pictures and colour them in.**

①

lán sè de kè běn
藍色的課本

④

lǜ sè de jiǎn dāo
綠色的剪刀

②

zǐ sè de liàn xí běn
紫色的練習本

⑤

fěn sè de rì jì běn
粉色的日記本

③

huáng sè de gù tǐ jiāo
黃色的固體膠

⑥

hóngsè de juǎn bǐ dāo
紅色的捲筆刀

6 Complete the sentences in Chinese.

wǒ xìng / wǒ jiào
1) 我姓＿＿＿＿＿＿，我叫＿＿＿＿＿＿＿＿＿。

wǒ xǐ huan yǎng
2) 我喜歡養＿＿＿＿＿＿＿＿＿＿＿＿＿＿。

wǒ xiǎng
3) 我想＿＿＿＿＿＿＿＿＿＿＿＿＿＿＿。

wǒ yǒu
4) 我有＿＿＿＿＿＿＿＿＿＿＿＿＿＿＿。

wǒ chángcháng
5) 我常常＿＿＿＿＿＿＿＿＿＿＿＿＿。

7 Fill in the blanks with the measure words in the box.

kē	ge	kǒu	zhǒng	tiáo	jiān	zhī	jié
顆	個	口	種	條	間	隻	節

sì / yá
1) 四 顆 牙

wǔ / rén
2) 五＿＿人

liù / kè
3) 六＿＿課

shí / yú
4) 十＿＿魚

sān / wò shì
5) 三＿＿卧室

liǎng / māo
6) 兩＿＿貓

sān / yǔ yán
7) 三＿＿語言

yí / lǎo shī
8) 一＿＿老師

wǔ / qún zi
9) 五＿＿裙子

yì / duǎn kù
10) 一＿＿短褲

sì / píng guǒ
11) 四＿＿蘋果

yì / xiǎo gǒu
12) 一＿＿小狗

8 Write the characters.

① dòu

② lì

③ shān

④ zhú

⑤ hé

⑥ yù

9 Draw your school bag and the things in it.

10 Add a character to make a word. You may write pinyin.

kè
1) 課 本

jiǎn
2) 剪 ___

hěn
3) 很 ___

dōng
4) 東 ___

péng
5) 朋 ___

xià
6) 下 ___

duō
7) 多 ___

tiān
8) 天 ___

11 Circle the words as required.

shàng 上	xué 學	rì 日	cǎi 彩	sè 色
xià 下	kè 課	jì 記	yǔ 語	juǎn 捲
liàn 練	xí 習	běn 本	qiān 鉛	bǐ 筆
gù 固	tǐ 體	jiāo 膠	jiǎn 剪	dāo 刀

1) diary ✓

2) textbook

3) exercise book

4) glue stick

5) pencil sharpener

6) scissors

7) attend a class

12 Circle the odd ones.

guā fēng
1) 颱風

jiǎn dāo
剪刀

juǎn bǐ dāo
捲筆刀

rì běn
4) 日本

liàn xí běn
練習本

rì jì běn
日記本

měi shù
2) 美術

dōng xi
東西

yīn yuè
音樂

zhī dao
5) 知道

cǎi sè bǐ
彩色筆

gù tǐ jiāo
固體膠

kè běn
3) 課本

qiān bǐ
鉛筆

kě lè
可樂

dì yī
6) 第一

dì di
弟弟

jiù jiu
舅舅

13 Match the picture with the Chinese.

1) [a] kè běn 課本　　2) [ ] cǎi sè bǐ 彩色筆　　3) [ ] rì jì běn 日記本　　4) [ ] liàn xí běn 練習本

5) [ ] chǐ zi 尺子　　6) [ ] juǎn bǐ dāo 捲筆刀　　7) [ ] qiān bǐ 鉛筆　　8) [ ] gù tǐ jiāo 固體膠

9) [ ] xiàng pí 橡皮　　10) [ ] shū bāo 書包　　11) [ ] jiǎn dāo 剪刀　　12) [ ] wén jù hé 文具盒

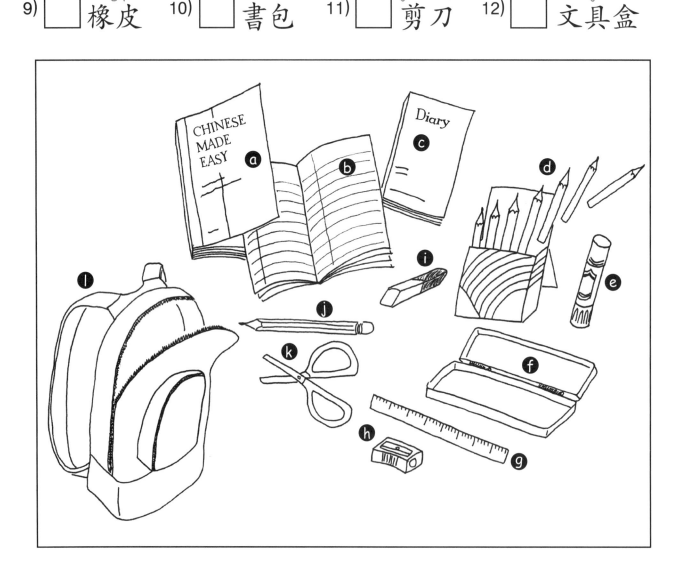

14 Circle the words which belong to the same category.

Clothes	duǎn kù 短褲	wài tào 外套	máo yī 毛衣	yǎn jìng 眼鏡	péng you 朋友
Weather	zhōng wǔ 中午	xià yǔ 下雨	xià xuě 下雪	shàng kè 上課	guā fēng 颱風
Stationery	gàn huór 幹活兒	jiǎn dāo 剪刀	qiān bǐ 鉛筆	juǎn bǐ dāo 捲筆刀	zhī dao 知道
School subjects	yīn yuè 音樂	měi shù 美術	tǐ yù 體育	qíng tiān 晴天	hàn yǔ 漢語
Parts of the body	dà tuǐ 大腿	yǎn jing 眼睛	bí zi 鼻子	liáng xié 涼鞋	zuǐ ba 嘴巴
Family members	wài gōng 外公	wài pó 外婆	wéi jīn 圍巾	ā yí 阿姨	jiù jiu 舅舅

15 Organize the words to form a sentence.

1) shū bāo 書包　　yǒu 有　　li 裏　　wén jù hé 文具盒　。→

_____

2) wǒ 我　　wǔ jié kè 五節課　　měi tiān 每天　　shàng 上　　dōu 都　。→

_____

3) jiào 叫　　mā ma 媽媽　　wǒ 我　　dài 戴　　mào zi 帽子　。→

_____

4) yǒu 有　　tā 他　　qiān bǐ 鉛筆　　hěn duō 很多　。→

_____

16 Fill in the missing character to form another word.

1)

rì	jì	běn
日	記	本

2)

gù	tǐ	jiāo
固	體	膠

3)

juǎn	bǐ	dāo
捲	筆	刀

4)

cǎi	sè	bǐ
彩	色	筆

17 Trace the characters.

⺁ ⼁ ⼅ ⼃ 糹 糹 糸 紅 紅 糽 糽 糽 紳 練 練							
liàn practise	練	練	練	練	練		
⼁ ⼃ ⼅ ⽻ ⽻ ⽻ ⽻ 習 習 習 習							
xí study	習	習	習	習	習		
⼂ ⼀ ⼆ ⼅ 言 言 言 記 記 記							
jì record	記	記	記	記	記		

`丶丷广广芦芦首首前前剪剪`

| jiǎn scissors; cut | 剪 | 剪 | 剪 | 剪 | 剪 | | |

`丨冂冂冃冈冋固固`

| gù hard; solid | 固 | 固 | 固 | 固 | 固 | | |

`丿几月月肜肜肨胪胪脺脺膠膠膠`

| jiāo glue | 膠 | 膠 | 膠 | 膠 | 膠 | | |

`丶丶氵氵汗汗注`

| wāng bark | 汪 | 汪 | 汪 | 汪 | 汪 | | |

18 Complete the sentences.

wǒ de fángjiān li yǒu
1) 我的房間裏有＿＿＿＿＿＿＿＿＿＿＿＿。

wǒ de shū bāo li yǒu
2) 我的書包裏有＿＿＿＿＿＿＿＿＿＿＿＿。

wǒ de wén jù hé li yǒu
3) 我的文具盒裏有＿＿＿＿＿＿＿＿＿＿＿＿。

wǒ de yī guì li yǒu
4) 我的衣櫃裏有＿＿＿＿＿＿＿＿＿＿＿＿。

wǒ men xuéxiào yǒu
5) 我們學校有＿＿＿＿＿＿＿＿＿＿＿＿。

1 Trace the characters.

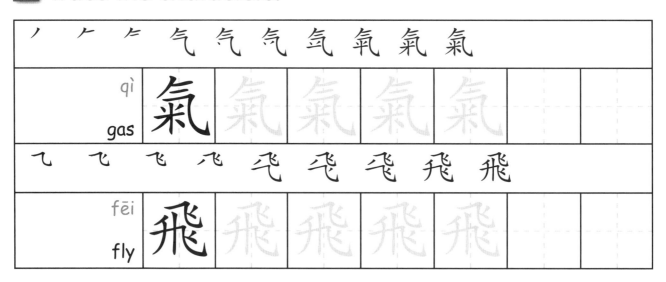

ノ　ㇵ　ㇵ　气　气　気　氛　氣　氣　氣

qì
氣
gas

乁　乁　飞　飞　飞　飞　飞　飞　飛　飛

fēi
飛
fly

2 Circle the odd ones.

shuā yá　　xǐ liǎn　　kè běn
1) 刷牙　　洗臉　　(課本)

jiǎn dāo　　pǎo bù　　juǎn bǐ dāo
2) 剪刀　　跑步　　捲筆刀

diàn nǎo　　diàn shì　　tiān qì
3) 電腦　　電視　　天氣

měi shù　　měi guó　　yīn yuè
4) 美術　　美國　　音樂

wéi jīn　　shǒu tào　　yǎn jing
5) 圍巾　　手套　　眼睛

3 Count the strokes of each character.

wǎng
1) 網　14

yàng
2) 樣 ____

bù
3) 步 ____

zuò
4) 做 ____

shuā
5) 刷 ____

yóu
6) 遊 ____

pǎo
7) 跑 ____

wán
8) 玩 ____

68

4 Look, read and match.

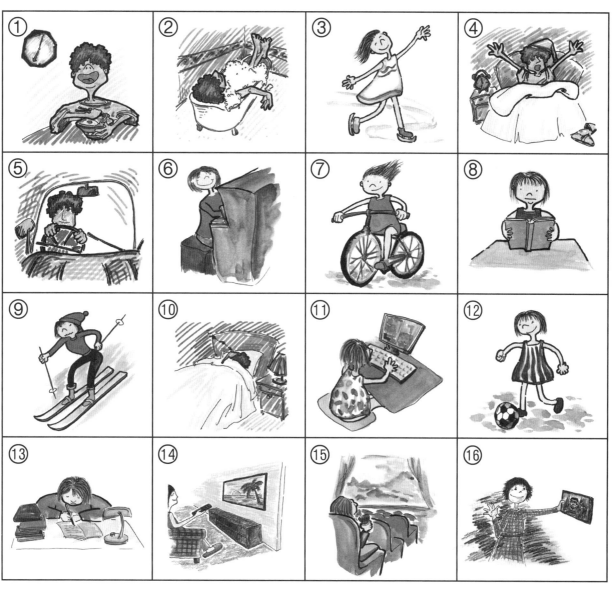

a) [16] 上網 *shàng wǎng*

b) ☐ 踢足球 *tī zú qiú*

c) ☐ 彈鋼琴 *tán gāng qín*

d) ☐ 睡覺 *shuì jiào*

e) ☐ 起牀 *qǐchuáng*

f) ☐ 看電影 *kàn diàn yǐng*

g) ☐ 做作業 *zuò zuò yè*

h) ☐ 看書 *kàn shū*

i) ☐ 吃早飯 *chī zǎo fàn*

j) ☐ 看電視 *kàn diàn shì*

k) ☐ 玩兒電腦遊戲 *wánr diàn nǎo yóu xì*

l) ☐ 開車 *kāi chē*

m) ☐ 滑雪 *huá xuě*

n) ☐ 洗澡 *xǐ zǎo*

o) ☐ 騎自行車 *qí zì xíng chē*

p) ☐ 滑冰 *huá bīng*

5 Draw the structure of each character.

wán
1) 玩 → [|]

zuò
2) 做 → [   ]

xì
3) 戲 → [   ]

pǎo
4) 跑 → [   ]

tīng
5) 廳 → [   ]

shuā
6) 刷 → [   ]

yóu
7) 遊 → [   ]

hǔ
8) 虎 → [   ]

xiǎng
9) 想 → [   ]

6 Answer the questions.

wǒ jīn nián qī suì   nǐ ne
1) 我今年七歲，你呢？ 我也七歲。_____

wǒ jīn nián shàng sì nián jí   nǐ ne
2) 我今年 上四年級，你呢？_____

wǒ huì shuō hàn yǔ   nǐ ne
3) 我會說漢語，你呢？_____

wǒ dài yǎn jìng   nǐ ne
4) 我戴眼鏡，你呢？_____

wǒ xǐ huan chuān   xù shān   nǐ ne
5) 我喜歡 穿 T恤衫，你呢？_____

wǒ bù xǐ huan zuò zuò yè   nǐ ne
6) 我不喜歡做作業，你呢？_____

70

7 **Read the passage and draw the people in the correct rooms.**

wǒ bà ba zài kè tīng li kàn diàn shì   wǒ mā ma zài chú fáng
我爸爸在客廳裏看電視。我媽媽在廚房

li zuò fàn   gē ge de fáng jiān zài lóu shàng   tā zài tā de fáng jiān
裏做飯。哥哥的房間在樓上。他在他的房間
　　　　　　　　　　　　　　　upstairs

li wánr diàn nǎo yóu xì   jiě jie de fáng jiān zài lóu xià   tā zài
裏玩兒電腦遊戲。姐姐的房間在樓下。她在
　　　　　　　　　　　　　　　　　downstairs

tā de fáng jiān li zuò zuò yè   wǒ zài yù shì li shuā yá
她的房間裏做作業。我在浴室裏刷牙。

8 Choose a radical from the box to complete the character.

言 糹 禾 丬 木 辶 王 𧾷 月 日

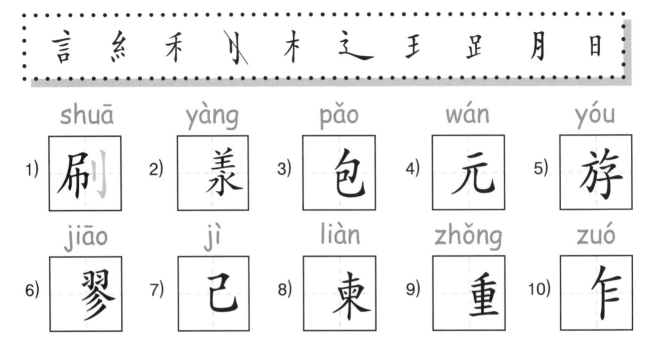

1) shuā 刷
2) yàng 羕
3) pǎo 包
4) wán 元
5) yóu 斿
6) jiāo 翏
7) jì 己
8) liàn 柬
9) zhǒng 重
10) zuó 乍

9 Connect the matching words.

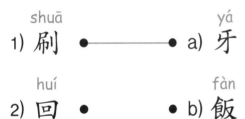

1) shuā 刷 ——— a) yá 牙

2) huí 回 • • b) fàn 飯

3) kàn 看 • • c) shuǐ 水

4) chī 吃 • • d) jiā 家

5) hē 喝 • • e) chuán 船

6) zuò 坐 • • f) shū 書

10 Write in Chinese.

1) December 25th

_____

2) Monday

_____

3) 10:25

_____

4) January 1, 2016

_____

11 Circle the words as required.

shuā 刷	yá 牙	dà 大	diàn 電	yǐng 影
míng 明	měi 每	nǎo 腦	shì 視	pǎo 跑
tiān 天	yóu 遊	gāo 高	gōng 工	bù 步
xì 戲	xìng 興	zuò 做	zuò 作	yè 業

1) brush teeth ✓

2) tomorrow

3) computer game

4) do homework

5) television

6) movie

7) happy

8) every day

12 Answer the questions.

jīn tiān jǐ yuè jǐ hào
1) 今天幾月幾號？

_____

jīn tiān xīng qī jǐ
2) 今天星期幾？

_____

míng tiān jǐ yuè jǐ hào
3) 明天幾月幾號？

_____

xiàn zài jǐ diǎn
4) 現在幾點？

_____

13 Write five-stroke characters.

出							

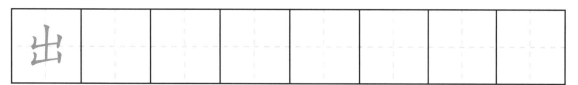

14 Write the characters.

① lái　　　　qù ②　　　dīng ③

④ duō　　　　shǎo ⑤　　　bù ⑥

15 Trace the characters.

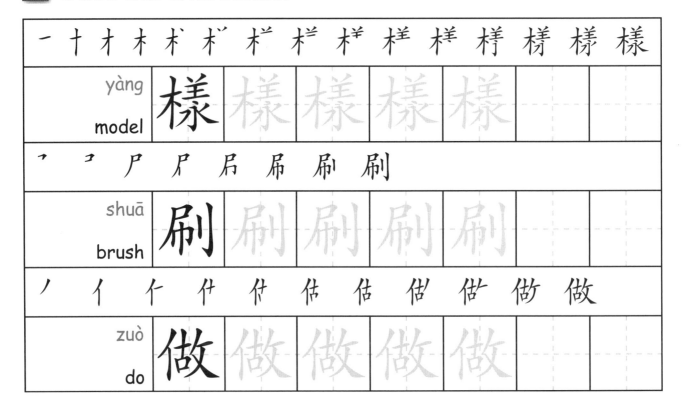

| 一 | 十 | 才 | 木 | 术 | 栏 | 栏 | 栏 | 样 | 样 | 样 | 栐 | 様 | 様 |

| yàng model | 様 | 様 | 様 | 様 | 様 | | |

| ⺈ | ⺈ | 尸 | 尸 | 吊 | 吊 | 刷 | 刷 |

| shuā brush | 刷 | 刷 | 刷 | 刷 | 刷 | | |

| 丿 | 亻 | 亻 | 什 | 什 | 估 | 估 | 做 | 做 | 做 | 做 |

| zuò do | 做 | 做 | 做 | 做 | 做 | | |

丶	丷	业	业	业	业	业	业	豐	睾	業	業

yè school work	業	業	業	業	業		

一	二	于	王	王	玚	玚	玩

wán play	玩	玩	玩	玩	玩		

丶	二	亍	方	方	方	斿	斿	游	游	游	遊

yóu tour	遊	遊	遊	遊	遊		

丶	卜	上	广	尸	卢	虍	虎	虐	唐	虜	虘	戲	戲	戲

xì game	戲	戲	戲	戲	戲		

乙	纟	纟	纟	纟	纟	糸	糿	紀	紁	網	網	網	網

wǎng Internet	網	網	網	網	網		

丶	丨	口	口	甲	罕	足	足	跀	跑	跑	跑

pǎo run; jog	跑	跑	跑	跑	跑		

丨	卜	止	止	牛	丬	步	

bù step	步	步	步	步	步		

1 Trace the characters.

一　ナ　大　犬						
quǎn dog	犬	犬	犬	犬	犬	

丨　冂　冃　月　目　貝　見						
jiàn see	見	見	見	見	見	

2 Take out the part of the character you know and write the meaning.

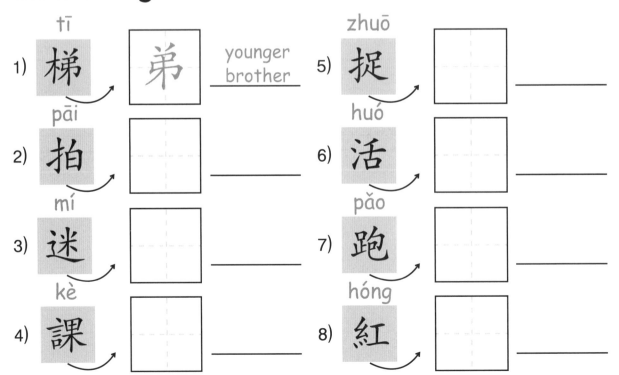

1) tī 梯 → 弟 younger brother

2) pāi 拍 →

3) mí 迷 →

4) kè 課 →

5) zhuō 捉 →

6) huó 活 →

7) pǎo 跑 →

8) hóng 紅 →

3 **Write the numbers in Chinese.**

1) 56   五十六

5) 99

2) 100

6) 140

3) 1000

7) 228

4) 250

8) 60

4 **Highlight the words as required.**

wài gōng 外公	duǎn kù 短褲	guā fēng 颱風	lián yī qún 連衣裙
zhuō mí cáng 捉迷藏	xià yǔ 下雨	ā yí 阿姨	dàng qiū qiān 盪鞦韆
xù shān T恤衫	zuǐ ba 嘴巴	ěr duo 耳朵	gù tǐ jiāo 固體膠
wài tào 外套	wài pó 外婆	máo yī 毛衣	huá huá tī 滑滑梯
cǎi sè bǐ 彩色筆	bí zi 鼻子	xià xuě 下雪	juǎn bǐ dāo 捲筆刀
duō yún 多雲	yǎn jing 眼睛	jiù jiu 舅舅	niú zǎi kù 牛仔褲

1) Activity:
黃色

2) Stationery:
藍色

3) Weather:
灰色

4) Clothes:
紅色

5) Parts of the body:
紫色

6) Family members:
綠色

5 Read the sentences, draw pictures and colour them in.

①

　liǎng ge nán shēng hé yí ge nǚ shēng
兩個男生和一個女生
　zài huá huá tī
在滑滑梯。

②

　yí ge nán shēng zài gōng yuán li pāi
一個男生在公園裏拍
　pí qiú
皮球。

③

　yí ge nǚ shēng hé yí ge nán shēng
一個女生和一個男生
　zài gōng yuán li dàng qiū qiān
在公園裏盪鞦韆。

④

　yí ge nán shēng zài shù wū li shuì
一個男生在樹屋裏睡
　jiào
覺。

6 **Count the strokes of each character.**

tī
1) 梯 __11__

dàng
2) 盪 ____

pāi
3) 拍 ____

qiū
4) 鞦 ____

qiān
5) 韆 ____

zhuō
6) 捉 ____

mí
7) 迷 ____

wū
8) 屋 ____

7 **Connect the matching words.**

pāi
1) 拍 •

kàn
2) 看 •

huá
3) 滑 •

wánr
4) 玩兒 •

zuò
5) 做 •

chuān
6) 穿 •

dài
7) 戴 •

shàng
8) 上 •

diàn yǐng
• a) 電影

zuò yè
• b) 作業

pí qiú
• c) 皮球

wéi jīn
• d) 圍巾

huá tī
• e) 滑梯

měi shù kè
• f) 美術課

máo yī
• g) 毛衣

diàn nǎo yóu xì
• h) 電腦遊戲

8 **Write in Chinese.**

1) June 18

_____

2) December 25

_____

3) March 10

_____

4) September 7

_____

5) January 30

_____

Label the items with correct characters or pinyin. Colour in the picture.

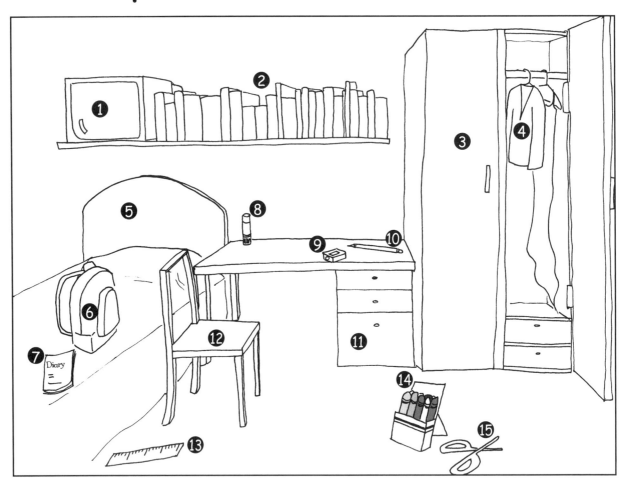

① 電視　　② ＿＿＿＿＿　　③ ＿＿＿＿＿　　④ ＿＿＿＿＿

⑤ ＿＿＿＿＿　　⑥ ＿＿＿＿＿　　⑦ ＿＿＿＿＿　　⑧ ＿＿＿＿＿

⑨ ＿＿＿＿＿　　⑩ ＿＿＿＿＿　　⑪ ＿＿＿＿＿　　⑫ ＿＿＿＿＿

⑬ ＿＿＿＿＿　　⑭ ＿＿＿＿＿　　⑮ ＿＿＿＿＿

IT IS YOUR TURN!　Draw your room and the things in it.

10 Match the description with the pictures and colour them in. Create a story of your own if you can.

2
xiǎo yā zi qǐ chuáng yǐ hòu fā xiàn
小鴨子起牀以後，發現
mā ma bú jiàn le
媽媽不見了。

tā dào shù xià kàn jian xiǎo jī hé tā
牠到樹下，看見小雞和牠
men de bà ba mā ma zài chī mǐ mā
們的爸爸媽媽在吃米。媽
ma bú zài nàr
媽不在那兒。

tā dào xiǎo hé biān kàn jian xiǎo yú zài
牠到小河邊，看見小魚在
shuǐ zhōng yóu lái yóu qù mā ma yě
水中游來游去，媽媽也
bú zài nàr
不在那兒。

xiǎo yā zi yòu dào le gōng yuán kàn
小鴨子又到了公園，看
jian mā ma zài cǎo cóng zhōng zhuō xiǎo
見媽媽在草叢中捉小
chóng xiǎo yā zi kàn jian mā ma yǐ hòu
蟲。小鴨子看見媽媽以後
hěn gāo xìng
很高興。

11 Translate the sentences.

1) <ruby>哥<rt>gē</rt></ruby><ruby>哥<rt>ge</rt></ruby><ruby>在<rt>zài</rt></ruby><ruby>公<rt>gōng</rt></ruby><ruby>園<rt>yuán</rt></ruby><ruby>裏<rt>li</rt></ruby><ruby>跑<rt>pǎo</rt></ruby><ruby>步<rt>bù</rt></ruby>。 _____

2) <ruby>弟<rt>dì</rt></ruby><ruby>弟<rt>di</rt></ruby><ruby>在<rt>zài</rt></ruby><ruby>房<rt>fáng</rt></ruby><ruby>間<rt>jiān</rt></ruby><ruby>裏<rt>li</rt></ruby><ruby>做<rt>zuò</rt></ruby><ruby>作<rt>zuò</rt></ruby><ruby>業<rt>yè</rt></ruby>。 _____

3) <ruby>姐<rt>jiě</rt></ruby><ruby>姐<rt>jie</rt></ruby><ruby>在<rt>zài</rt></ruby><ruby>她<rt>tā</rt></ruby><ruby>的<rt>de</rt></ruby><ruby>房<rt>fáng</rt></ruby><ruby>間<rt>jiān</rt></ruby><ruby>裏<rt>li</rt></ruby><ruby>上<rt>shàng</rt></ruby><ruby>網<rt>wǎng</rt></ruby>。 _____

12 Trace the characters.

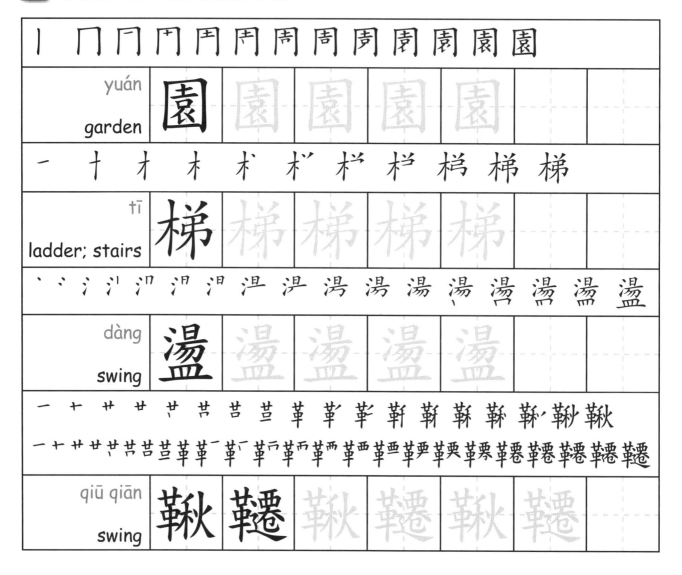

82

一 十 扌 扌 扩 扩 拍 拍 拍

| pāi
dribble | 拍 | 拍 | 拍 | 拍 | 拍 | | |

一 十 扌 扌 护 护 护 护 捉 捉

| zhuō
grab; catch | 捉 | 捉 | 捉 | 捉 | 捉 | | |

丶 丷 丷 半 米 米 米 迷 迷 迷

| mí
lost | 迷 | 迷 | 迷 | 迷 | 迷 | | |

一 十 艹 艹 艹 芦 芦 芐 莋 莋 菥 菥 菥 藏 藏 藏

| cáng
hide | 藏 | 藏 | 藏 | 藏 | 藏 | | |

丁 刁 弖 弓 那 那

| nà
that | 那 | 那 | 那 | 那 | 那 | | |

一 十 才 木 木 村 村 桂 桔 桔 桔 桂 桂 桂一 樹 樹

| shù
tree | 樹 | 樹 | 樹 | 樹 | 樹 | | |

丶 乛 尸 尸 尸 层 层 屋 屋

| wū
house | 屋 | 屋 | 屋 | 屋 | 屋 | | |

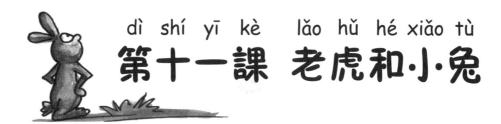

1 Trace the characters.

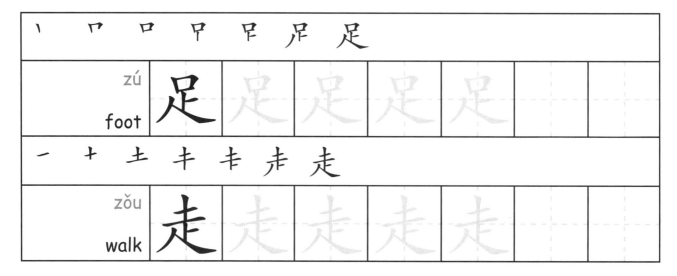

＼	⼝	⼝	⼝	⾜	⾜	⾜	足

| zú / foot | 足 | 足 | 足 | 足 | 足 | | |

| 一 | 十 | 土 | 丰 | 卡 | 走 | 走 | |

| zǒu / walk | 走 | 走 | 走 | 走 | 走 | | |

2 Take out the part of the character you know and write the meaning.

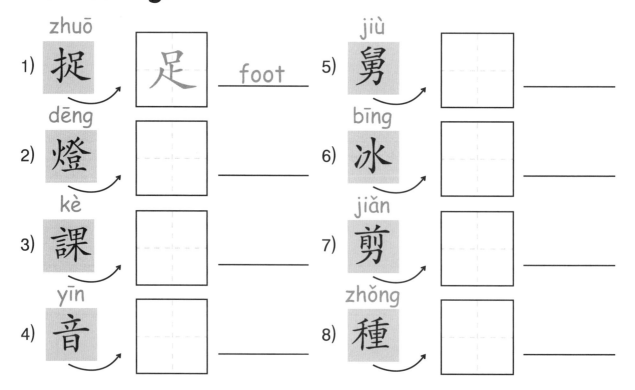

1) zhuō 捉 → 足 foot

2) dēng 燈 →

3) kè 課 →

4) yīn 音 →

5) jiù 舅 →

6) bīng 冰 →

7) jiǎn 剪 →

8) zhǒng 種 →

3 Choose the correct sentence for each picture.

① 請開燈!
☐ qǐng kāi dēng 請開燈!
☑ qǐng kāi mén 請開門!

② qǐng jìn 請進!
☐ qǐng zuò 請坐!

③ duì bu qǐ 對不起!
☐ zài jiàn 再見!

④ qǐng guān chuāng 請關 窗!
☐ nǐ zǎo 你早!

⑤ qǐng hē shuǐ 請喝水!
☐ bié shuō huà 別說話!

⑥ qǐng jǔ shǒu 請舉手!
☐ méi guān xi 沒關係。

⑦ qǐng zuò xia 請坐下!
☐ qǐng gēn wǒ dú 請跟我讀。

⑧ qǐng chū qu 請出去!
☐ zhàn qi lai 站起來!

⑨ chuān shang xié 穿上鞋。
☐ qǐng kāi dēng 請開燈!

4 **Read aloud and write down the meaning of each word.**

1) jī dàn _____egg_____

5) chǎo miàn _____

2) zǎo fàn _____

6) wài gōng _____

3) shuì jiào _____

7) yǎn jìng _____

4) péng you _____

8) shǒu tào _____

5 **Draw pictures and colour them in.**

①

mén
門

②

chuāng
窗

③

dēng
燈

④

shù wū
樹屋

⑤

chuáng
牀

⑥

shū zhuō
書桌

6 Translate the sentences.

kuài bǎ dà yī chuān shang
1) 快把大衣穿 上！ _____

kuài bǎ dēng guān shang
2) 快把燈 關 上！ _____

kuài bǎ liáng xié chuān shang
3) 快把涼鞋 穿 上！ _____

qǐng bǎ yǎn jìng dài shang
4) 請把眼鏡戴 上！ _____

qǐng bǎ diàn shì guān shang
5) 請把電視關 上！ _____

7 Write the characters.

① qì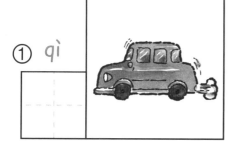

② chóng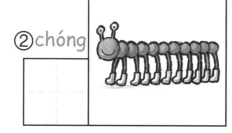

③ jiàn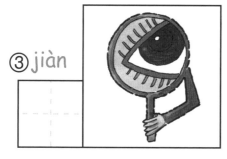

④ fēi

⑤ lì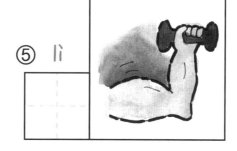

⑥ quǎn

8 Choose a radical from the box to complete the character.

革　火　穴　辶　木　尸　月　艹　米　彡

1) bǎ 把
2) chuāng 囪
3) dēng 登
4) wū 至
5) shù 尌
6) mí 米
7) qiū 秋
8) cáng 臧
9) cǎi 釆
10) jiāo 翏

9 Highlight six sentences with different colours.

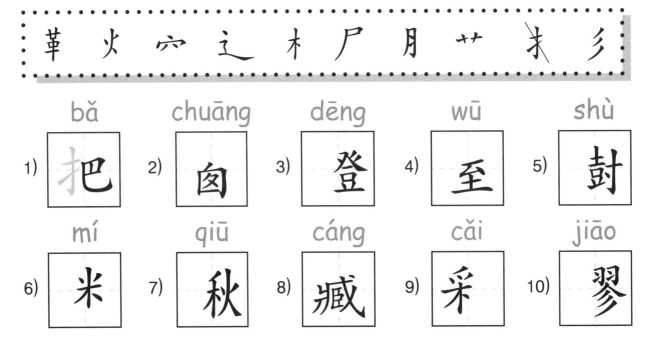

① xiǎo 小	dì 弟	di 弟	tā 他	de 的	fáng 房	jiān 間	li 裏。	→③
② mā 媽	ma 媽	jiào 叫	zài 在	shù 樹	wū 屋	chī 吃	fàn 飯。	→④
③ yé 爺	ye 爺	bú 不	wǒ 我	bǎ 把	li 裏	shuì 睡	jiào 覺。	→①
④ gē 哥	ge 哥	zài 在	chú 廚	fáng 房	mén 門	guān 關	shang 上。	→②
⑤ shū 書	bāo 包	li 裏	méi 沒	xué 學	wǒ 我	de 的	yàng 樣。	→⑥
⑥ xiǎo 小	gǒu 狗	xǐ 喜	huan 歡	yǒu 有	liàn 練	xí 習	běn 本。	→⑤

88

10 Choose the correct parts to complete the characters.

① qiū　dàng　wū

革秋　溫　尸

湯　至　秋

② bǎ　dēng　nà

才　火　卩

月　巴　登

③ wán　pǎo　shuā

王　足　刂

吊　元　包

④ cǎi　mí　zhuō

彡　辶　才

米　足　采

11 Label the rooms with pinyin if you cannot write characters.

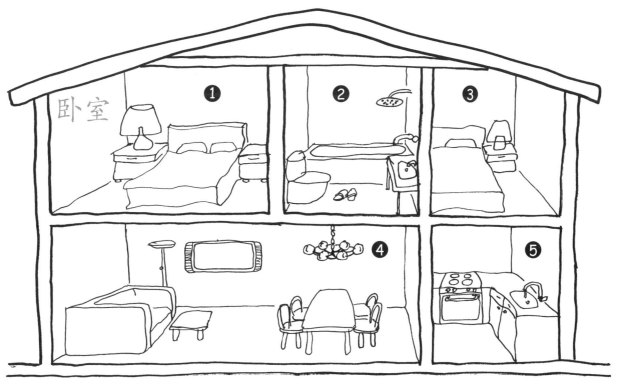

卧室　❶　❷　❸　❹　❺

①

②

③

请进

④

⑤

⑥

⑦

⑧

⑨

13 Add one stroke to make another character.

少 | 下 | 人 | 口 | 王 | 大 | 日

14 Trace the characters.

一 十 才 扌 扩 扣 把

bǎ
a particle
把 把 把 把 把

丶 丷 宀 宀 宀 宀 宊 宍 窊 窗 窗

chuāng
window
窗 窗 窗 窗 窗

丨 冂 冂 冂 冂 冂 門 門 門

mén
door
門 門 門 門 門

丶 丷 丬 火 灯 灯 灯 灯 烆 烬 燈 熔 熔 燈 燈

dēng
lamp
燈 燈 燈 燈 燈

丶 一 亠 古 亠 亨 京 京 京 訧 就 就

jiù
just
就 就 就 就 就

第十二課 過生日

1 Trace the characters.

′ 亻 亇 自 自 自						
zì oneself　自	自	自	自	自		

㇇ ㇆ 己						
jǐ oneself　己	己	己	己	己		

2 Draw pictures and colour them in.

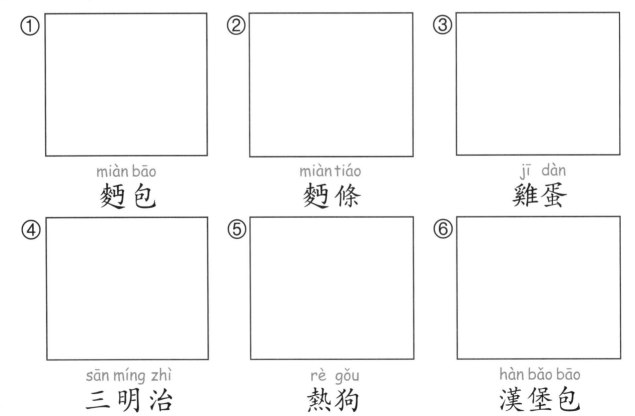

① miàn bāo
麵包

② miàn tiáo
麵條

③ jī dàn
雞蛋

④ sān míng zhì
三明治

⑤ rè gǒu
熱狗

⑥ hàn bǎo bāo
漢堡包

3 Write the radicals.

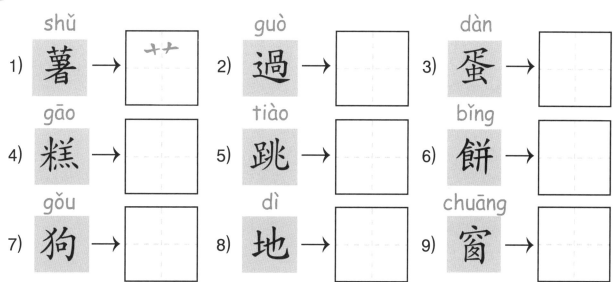

1) shǔ 薯 → 艹

2) guò 過 →

3) dàn 蛋 →

4) gāo 糕 →

5) tiào 跳 →

6) bǐng 餅 →

7) gǒu 狗 →

8) dì 地 →

9) chuāng 窗 →

4 Draw the ingredients.

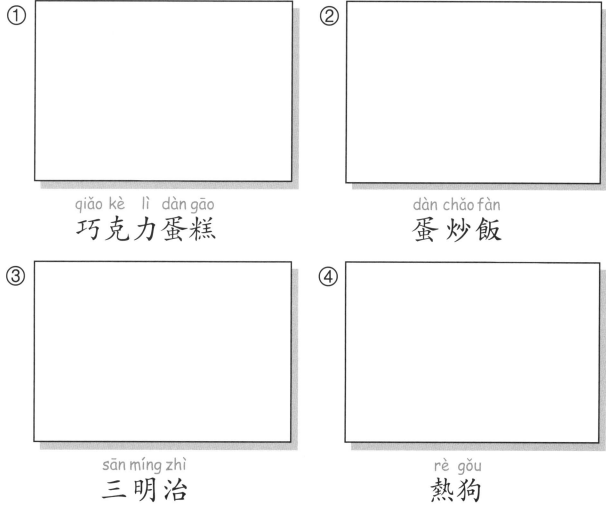

① qiǎo kè lì dàn gāo
巧克力蛋糕

② dàn chǎo fàn
蛋炒飯

③ sān míng zhì
三明治

④ rè gǒu
熱狗

5 Connect the matching words.

1) bǐng 餅 •

2) shǔ 薯 •

3) dàn 蛋 •

4) miàn 麪 •

5) mǐ 米 •

6) rè 熱 •

a) gāo 糕

b) gān 乾

c) piàn 片

d) gǒu 狗

e) bāo 包

f) fàn 飯

6 Write the common part.

1) shǔ 薯　dōu 都 → 者

2) qí 淇　qī 期 →

3) huà 話　huó 活 →

4) cháng 常　dài 帶 →

5) chǎng 場　tāng 湯 →

6) shéi 誰　jiāo 蕉 →

7 Answer the questions.

1) nǐ xǐ huan chī kuài cān ma
你喜歡吃快餐嗎？ xǐ huan chī shén me kuài cān 喜歡吃什麼快餐？

2) nǐ xǐ huan chī líng shí ma
你喜歡吃零食嗎？ xǐ huan chī shén me líng shí 喜歡吃什麼零食？

8 Complete the story by drawing pictures.

①

xiǎo gǒu tiào shang cān zhuō kàn kan
小狗跳上餐桌看看。

②

xiǎo gǒu tiào shang chuáng kàn kan
小狗跳上牀看看。

③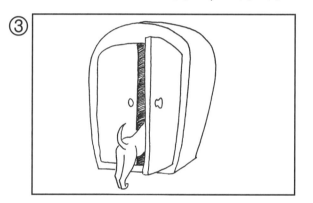

xiǎo gǒu tiào jìn yī guì kàn kan
小狗跳進衣櫃看看。

④

xiǎo gǒu jìn le chú fáng tā xiǎng
小狗進了廚房。牠想
gàn shén me
幹什麼？

⑤

⑥

9 Highlight the words as required.

shǔ tiáo 薯條	kè tīng 客廳	yī guì 衣櫃	juǎn bǐ dāo 捲筆刀
cān zhuō 餐桌	yù shì 浴室	xià xuě 下雪	dàng qiū qiān 盪鞦韆
chú fáng 廚房	shǔ piàn 薯片	pǎo bù 跑步	zhuō mí cáng 捉迷藏
guā fēng 颱風	dàn gāo 蛋糕	wò shì 臥室	shàng wǎng 上網
bǐng gān 餅乾	qiǎo kè lì 巧克力	shū zhuō 書桌	wén jù hé 文具盒
yǐ zi 椅子	rè gǒu 熱狗	xià yǔ 下雨	bīng qí lín 冰淇淋

1) Food: 黃色

2) Room: 綠色

3) Activity: 藍色

4) Furniture: 紫色

5) Weather: 灰色

6) Stationery: 紅色

10 Combine the two parts to make a new character.

1) 艹 + 署 = 薯

2) 𤴓 + 虫 = ☐

3) 刀 + 前 = ☐

4) 巾 + 冒 = ☐

5) 食 + 并 = ☐

6) 𤴔 + 兆 = ☐

7) 木 + 交 = ☐

8) 扌 + 白 = ☐

96

11 Connect the matching words to make a phrase. Write the meaning of each phrase.

brush teeth 1) 刷 •　•a) 球 qiú shuā

_____ 2) 開 •　•b) 牙 yá kāi

_____ 3) 拍 •　•c) 窗 chuāng pāi

_____ 4) 坐 •　•d) 飯 fàn zuò

_____ 5) 吃 •　•e) 船 chuán chī

_____ 6) 喝 •　•f) 馬 mǎ hē

_____ 7) 騎 •　•g) 課 kè qí

_____ 8) 上 •　•h) 湯 tāng shàng

_____ 9) 養 •　•i) 書 shū yǎng

_____ 10) 看•　•j) 狗 gǒu kàn

12 Answer the questions by drawing pictures.

nǐ zǎo fàn yì bān chī shén me
1) 你早飯一般吃什麼？

nǐ wǔ fàn yì bān chī shén me
2) 你午飯一般吃什麼？

nǐ wǎn fàn yì bān chī shén me
3) 你晚飯一般吃什麼？

13 Organize the words to form a sentence.

1) chuāng zi　qǐng　bǎ　guān shang
窗子　請　把　關上。→＿＿＿＿＿＿＿＿＿＿

2) yǒu　zhuō zi shang　shǔ piàn
有　桌子上　薯片。→＿＿＿＿＿＿＿＿＿＿

3) wánr　tā　zài　diàn nǎo yóu xì
玩兒　他　在　電腦遊戲。→＿＿＿＿＿＿＿＿

14 Trace the characters.

丨 冂 冂 冃 冎 咼 咼 咼 咼 过 过 过 過
guò spend (time)　過　過　過　過　過

一 十 艹 艹 艹 荖 荖 苗 苗 蕾 薯 薯 薯 薯 薯 薯
shǔ potato; yam　薯　薯　薯　薯　薯

丿 丿 丿 片
piàn slice　片　片　片　片　片

丿 丿 丿 今 今 今 食 食 食 飠 飠 飠 飣 餅 餅
bǐng round flat cake　餅　餅　餅　餅　餅

一 十 十 古 古 直 直 卓 卓 乾 乾
gān dry　乾　乾　乾　乾　乾

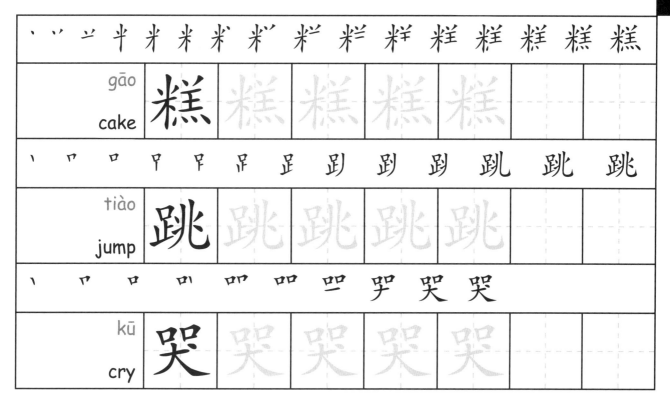

	丶	⸍	⸜	丬	半	米	米	粎	粏	粎	粠	糕	糕	糕	糕
gāo cake	糕	糕	糕	糕	糕										

	丶	⼁	⼝	⼞	罒	罓	𧾷	趴	趴	趴	趴	跳	跳	跳	
tiào jump	跳	跳	跳	跳	跳										

	丶	⼁	⼝	⼞	罒	罓	罒	罗	哭	哭					
kū cry	哭	哭	哭	哭	哭										

15 Write the characters.

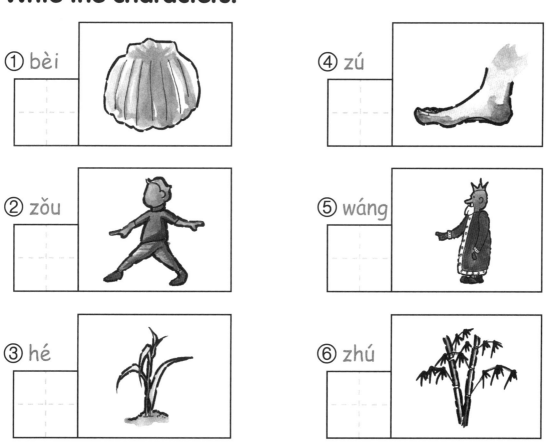

① bèi

② zǒu

③ hé

④ zú

⑤ wáng

⑥ zhú

第十三課　他喜歡吃肉

1 Trace the characters.

′　ハ　グ　父							

	fù father	父	父	父	父	父		

乚　乚　乥　母　母							

	mǔ mother	母	母	母	母	母		

2 Write the meaning of each word and write it down.

huǒ jī
1) 火雞　turkey

niú ròu
2) 牛肉＿＿＿＿＿＿

yáng ròu
3) 羊肉＿＿＿＿＿＿

zhū ròu
4) 豬肉＿＿＿＿＿＿

huǒ tuǐ
5) 火腿＿＿＿＿＿＿

jī ròu
6) 雞肉＿＿＿＿＿＿

niú pái
7) 牛排＿＿＿＿＿＿

xiāng cháng
8) 香腸＿＿＿＿＿＿

rè gǒu
9) 熱狗＿＿＿＿＿＿

sān míng zhì
10) 三明治＿＿＿＿＿

jī dàn
11) 雞蛋＿＿＿＿＿＿

dàn gāo
12) 蛋糕＿＿＿＿＿＿

100

3 Draw pictures and colour them in.

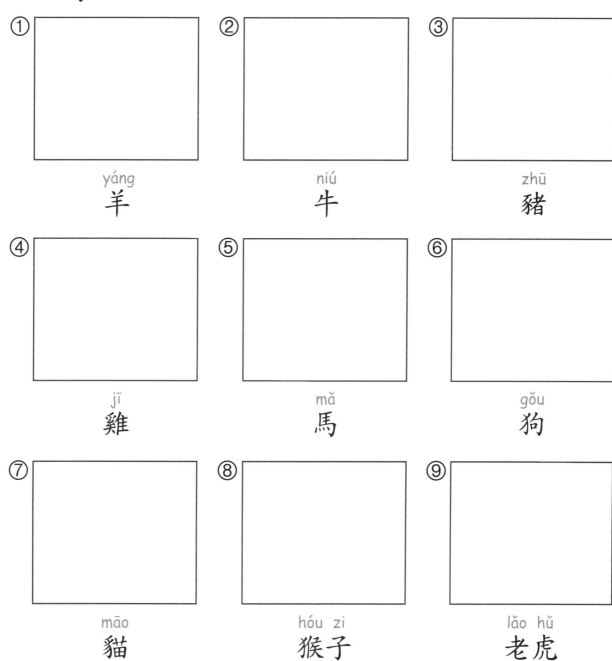

①   yáng
羊

②   niú
牛

③   zhū
豬

④   jī
雞

⑤   mǎ
馬

⑥   gǒu
狗

⑦   māo
貓

⑧   hóu zi
猴子

⑨   lǎo hǔ
老虎

4 Circle all the six-stroke characters.

yáng	nà	bǎ	ròu	zǎo	zuò	yī	pāi
羊	那	把	肉	早	坐	衣	拍

5 **Find and highlight the sentences with different colours.**

①② wǒ 我	xǐ 喜	huan 歡	chī 吃	niú 牛	pái 排。	③ qǐng 請	kāi 開	chuāng 窗。
xǐ 喜	④ cān 餐	zhuō 桌	shàng 上	⑤ wǒ 我	zǎo 早	shang 上	shuā 刷	yá 牙。
huan 歡	⑥ shū 書	bāo 包	yǒu 有	bǐng 餅	gān 乾	⑧ gēn 跟	wǒ 我	dú 讀。
yǎng 養	gǒu 狗。	li 裏	yǒu 有	qiān 鉛	bǐ 筆。	hé 和	shǔ 薯	tiáo 條。
⑦ xiǎo 小	dì 弟	di 弟	zài 在	shù 樹	wū 屋	li 裏	shuì 睡	jiào 覺。

6 **Make words with each group of characters. Write them out with their meanings.**

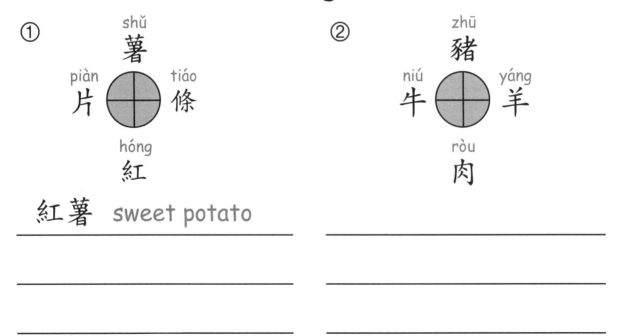

① 　　　　　shǔ 薯
　piàn 片 ⊕ tiáo 條
　　　　　hóng 紅

② 　　　　　zhū 豬
　niú 牛 ⊕ yáng 羊
　　　　　ròu 肉

紅薯　sweet potato

_____　　　_____

_____　　　_____

_____　　　_____

7 **Read the sentences, draw pictures and colour them in.**

①

tā de shēn tǐ hěn dà　　tā shì huī
牠的身體很大。牠是灰
sè de　　　tā yǒu cháng bí zi hé dà
色的。牠有 長鼻子和大
ěr duo
耳朵。

②

tā de máo shì bái sè de　　tā de ěr
牠的毛是白色的，牠的耳
duo hěn cháng　　tā de yǎn jing shì hóng sè
朵很 長。牠的眼睛是紅色
de　　　tā ài chī hú luó bo
的。牠愛吃胡蘿蔔。

③

tā shēnshangde máo shì zōng sè de
牠身 上的毛是棕色的。
tā xǐ huan pá shù　　tā xǐ huan chī
牠喜歡爬樹。牠喜歡吃
xiāng jiāo hé táo zi
香 蕉和桃子。

④

tā shēn shang de máo shì bái sè hé
牠身 上的毛是白色和
hēi sè de　　tā de yǎn jing yuán yuán
黑色的。牠的眼睛圓圓
de　　tā xǐ huan chī zhú zi
的。牠喜歡吃竹子。

8 Write the radicals.

1) pái 排 → 扌

2) cháng 腸 →

3) gāo 糕 →

4) zuì 最 →

5) shǔ 薯 →

6) bǐng 餅 →

7) jī 雞 →

8) chuāng 窗 →

9) tiào 跳 →

9 What can be made with the ingredients below? Draw the final products and write the Chinese names.

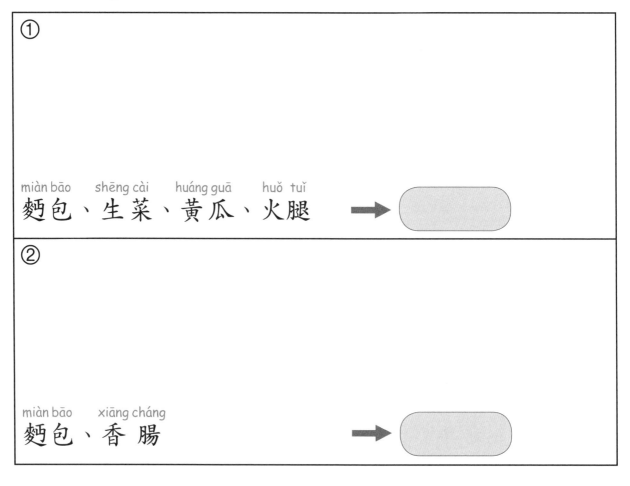

①

miàn bāo　shēng cài　huáng guā　huǒ tuǐ
麵包、生菜、黃瓜、火腿 ➡

②

miàn bāo　xiāng cháng
麵包、香腸 ➡

10 Count the strokes of each character.

ròu
1) 肉 __6__

yáng
2) 羊 ____

zhū
3) 豬 ____

pái
4) 排 ____

zuì
5) 最 ____

xiāng
6) 香 ____

cháng
7) 腸 ____

tuǐ
8) 腿 ____

11 Answer the questions by drawing pictures.

nǐ zuì xǐ huan chī shén me ròu
1) 你最喜歡吃什麼肉？

nǐ zuì xǐ huan nǎ zhǒng dòng wù
4) 你最喜歡哪種 動物？

nǐ zuì xǐ huan chī shén me shū cài
2) 你最喜歡吃什麼蔬菜？

nǐ zuì xǐ huan shàng shén me kè
5) 你最喜歡 上 什麼課？

nǐ zuì xǐ huan shén me tiān qì
3) 你最喜歡 什麼天氣？

nǐ zuì xǐ huan chuān shén me yī fu
6) 你最喜歡 穿 什麼衣服？

12 Choose the characters in the box to make words.

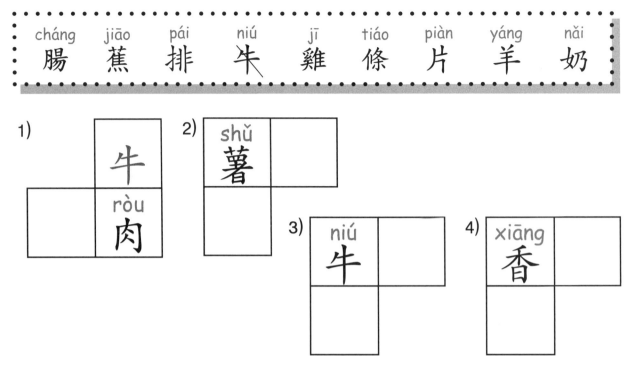

cháng	jiāo	pái	niú	jī	tiáo	piàn	yáng	nǎi
腸	蕉	排	牛	雞	條	片	羊	奶

1) 牛 / ròu 肉

2) shǔ 薯

3) niú 牛

4) xiāng 香

13 Trace the characters.

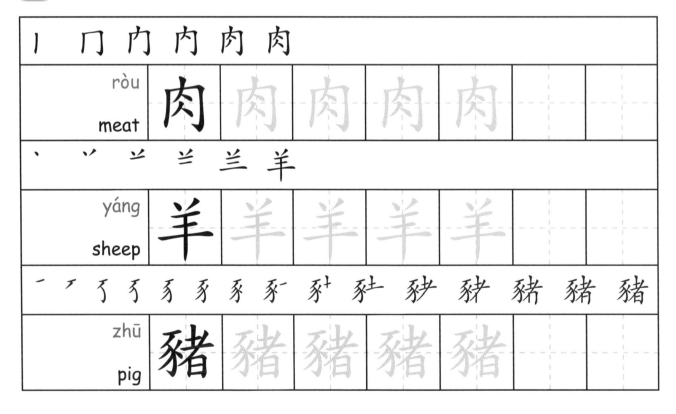

丨 冂 内 内 肉 肉
ròu / meat 肉 肉 肉 肉 肉
丶 丷 丷 丷 兰 兰 羊
yáng / sheep 羊 羊 羊 羊 羊
一 一 孑 孑 豕 豕 豕 豕 豣 豣 豬 豬 豬 豬
zhū / pig 豬 豬 豬 豬

丶	冂	冃	日	旦	昻	昻	冎	骨	骨	最	最	

zuì most	最	最	最	最	最		

一	十	才	扣	扣	挂	挂	排	排	排	

pái ribs	排	排	排	排	排		

丿	刀	月	月	月'	肝	肝	胛	胛	腸	腸	腸

cháng sausage	腸	腸	腸	腸	腸		

14 Organize the words to form a sentence.

1)
zuì　niú ròu　xǐ huan　yé ye　chī
最　牛肉　喜歡　爺爺　吃 。→

_____

2)
jiù jiu　zhū ròu　chī　bù
舅舅　豬肉　吃　不 。→

_____

3)
wǒ　chī　zhōng wǔ　sān míng zhì
我　吃　中午　三明治 。→

_____

4)
xǐ huan　dì di　zuì　pāi pí qiú
喜歡　弟弟　最　拍皮球 。→

_____

第十四課 她愛吃西餐

1 Trace the characters.

ㄱ 了 子						

zǐ son; child	子	子	子	子	子		

ㄑ ㄠ 女						

nǚ daughter	女	女	女	女	女		

2 Write the common radical and its meaning.

1) dàn 蛋   shé 蛇   虫 insect

2) cài 菜   huā 花   _____

3) shā 沙   huá 滑   _____

4) lā 拉   pāi 拍   _____

5) kè 刻   bié 別   _____

6) tiào 跳   tī 踢   _____

7) bān 班   wán 玩   _____

8) cǎi 彩   yǐng 影   _____

9) chǐ 尺   wū 屋   _____

10) liàn 練   jí 級   _____

3 Draw any food using the colour given. Colour in the pictures.

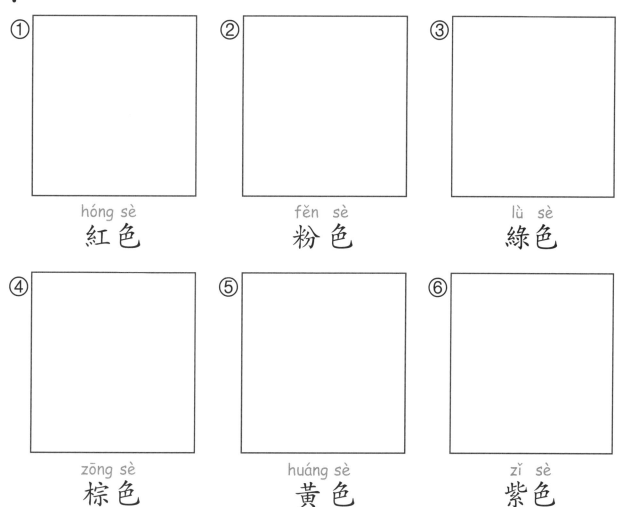

① hóng sè
红色

② fěn sè
粉色

③ lǜ sè
綠色

④ zōng sè
棕色

⑤ huáng sè
黃色

⑥ zǐ sè
紫色

4 Combine the two parts to make a new character.

1) 扌 + 非 = 排

4) 𧾷 + 兆 =

2) 酉 + 各 =

5) 禾 + 日 =

3) 女 + 乃 =

6) 竹 + 天 =

5 Draw the ingredients.

①
yì dà lì miàn
意大利麵

②
shuǐ guǒ shā lā
水果沙拉

③
nǎi lào huǒ tuǐ sān míng zhì
奶酪火腿三明治

④
niú ròu hàn bǎo bāo
牛肉漢堡包

6 Circle the food words.

shā lā 沙拉	*tiān qì* 天氣	*jiǎn dāo* 剪刀	*niú ròu* 牛肉	*bīng qí lín* 冰淇淋	*hàn bǎo bāo* 漢堡包
zhū ròu 豬肉	*dàn gāo* 蛋糕	*pǎo bù* 跑步	*chuāng zi* 窗子	*sān míng zhì* 三明治	*bǐ sà bǐng* 比薩餅

7 Draw one food for each category. Colour in the picture and write the Chinese name.

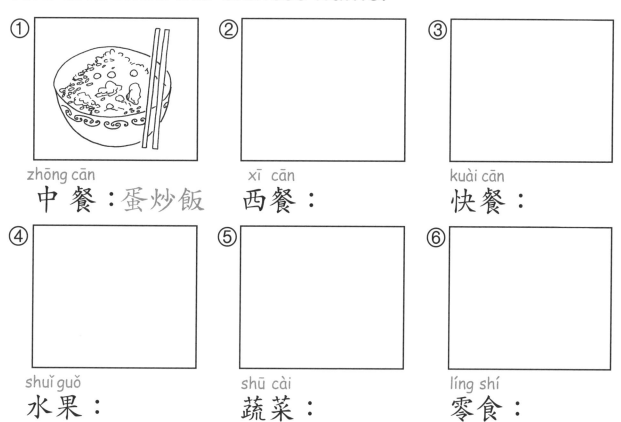

① *zhōng cān*
中餐：蛋炒飯

② *xī cān*
西餐：

③ *kuài cān*
快餐：

④ *shuǐ guǒ*
水果：

⑤ *shū cài*
蔬菜：

⑥ *líng shí*
零食：

8 Write a character for each radical.

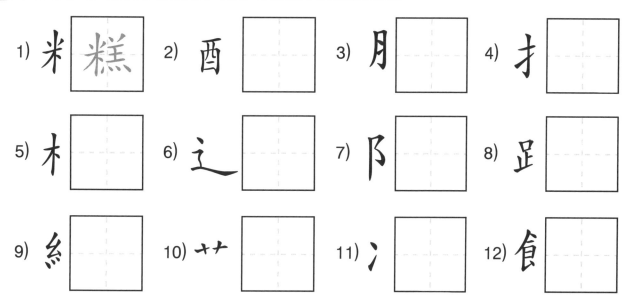

1) 米 糕

2) 酉

3) 月

4) 扌

5) 木

6) 辶

7) 阝

8) 足

9) 糹

10) 艹

11) 冫

12) 食

9 Write the characters.

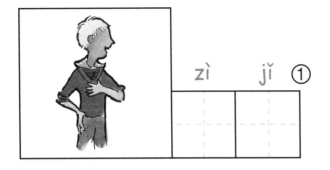

zì   jǐ ①

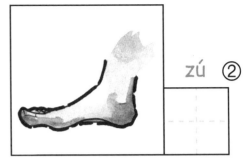

zú ②

fù   mǔ ③

zǒu ④

10 Connect the matching words.

shā
1) 沙 •

ròu
• a) 肉

suān
2) 酸 •

lā
• b) 拉

zhū
3) 豬 •

nǎi
• c) 奶

xiāng
4) 香 •

gāo
• d) 糕

dàn
5) 蛋 •

piàn
• e) 片

shǔ
6) 薯 •

cháng
• f) 腸

11 Match the verb with the noun.

zuò
1) 做 •

zuò yè
• a) 作業

tī
2) 踢 •

gāng qín
• b) 鋼琴

tán
3) 彈 •

diàn shì
• c) 電視

hē
4) 喝 •

zǎo fàn
• d) 早飯

chī
5) 吃 •

guǒ zhī
• e) 果汁

kàn
6) 看 •

zú qiú
• f) 足球

12 Complete each sentence in Chinese or by drawing pictures.

wǒ zuì xǐ huan 1) 我最喜歡	吃中餐。我喜歡吃米飯、炒菜和炒飯。
wǒ hěn xǐ huan 2) 我很喜歡	
wǒ xǐ huan 3) 我喜歡	
wǒ bú tài xǐ huan 4) 我不太喜歡	
wǒ bù xǐ huan 5) 我不喜歡	
wǒ zuì bù xǐ huan 6) 我最不喜歡	

13 **Make a word starting with the last character of the previous word.**

yì dà lì miàn
1) 意大利麵→ 麵包

suān nǎi
5) 酸奶→ _____

chū shēng
2) 出生→ _____

zuó tiān
6) 昨天→ _____

jī dàn
3) 雞蛋→ _____

táng guǒ
7) 糖果→ _____

xué xiào
4) 學校→ _____

fǎ yǔ
8) 法語→ _____

14 **Trace the characters.**

一	丆	丌	丙	西	西	酉	酌	酌	酌	酌	酸	酸	酸
suān sour	酸	酸	酸	酸	酸								
一	丆	丌	丙	西	西	酉	酌	酪	酪	酪	酪	酪	
lào milk curd	酪	酪	酪	酪	酪								
丿	ﾉ	乆	钅	笁	竻	笁	竺	竺	笑				
xiào smile; laugh	笑	笑	笑	笑	笑								

15 **Write four items for each category in Chinese or in pinyin.**

① | Meat | 雞肉

② | Fast-food

③ | Fruit

④ | Vegetable

⑤ | Drinks

16 **Writing practice.**

Introduce your father or mother. You need to include:

- name, nationality, language(s)
- job(s)
- what he/she likes to eat
- what he/she likes to wear

Useful words:

jiào	míng zi	shuō	yǔ yán	zuò	kuài cān
叫	名字	説	語言	做	快餐
xǐ huan	chī	zhōng cān	chuān	hē	dài
喜歡	吃	中餐	穿	喝	戴
xī cān	yī fu	niú zǎi kù		xù shān	
西餐	衣服	牛仔褲		T恤衫	

1 Trace the characters.

一	𠂇	ナ	左	左				
zuǒ left	左	左	左	左	左			

一	ナ	才	右	右				
yòu right	右	右	右	右	右			

2 Draw pictures and colour them in as required.

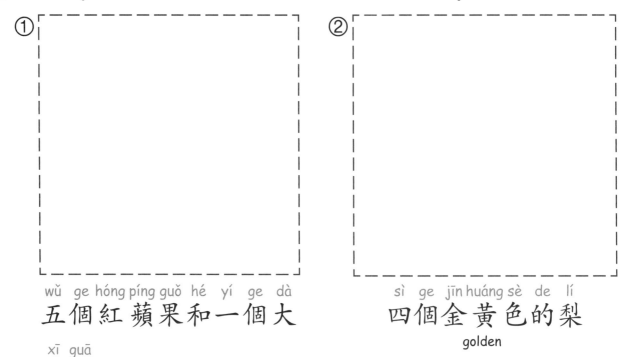

①
wǔ ge hóng píng guǒ hé yí ge dà
五個紅蘋果和一個大
xī guā
西瓜

②
sì ge jīn huáng sè de lí
四個金黃色的梨
golden

3 Read and match.

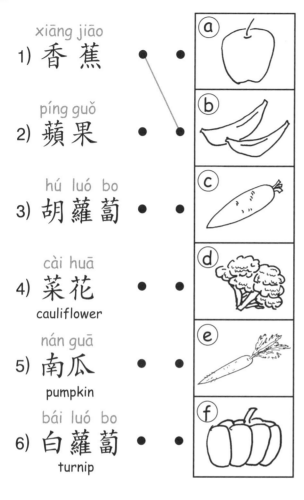

xiāng jiāo
1) 香蕉

píng guǒ
2) 蘋果

hú luó bo
3) 胡蘿蔔

cài huā
4) 菜花
cauliflower

nán guā
5) 南瓜
pumpkin

bái luó bo
6) 白蘿蔔
turnip

ⓐ ⓑ ⓒ ⓓ ⓔ ⓕ

4 Count the strokes of each character.

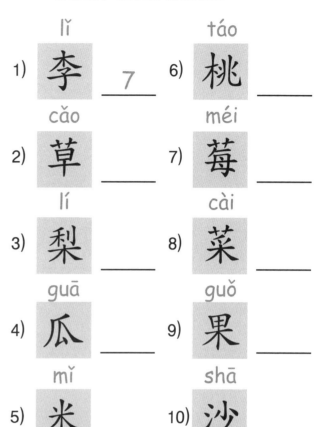

lǐ
1) 李 ___7___

cǎo
2) 草 _____

lí
3) 梨 _____

guā
4) 瓜 _____

mǐ
5) 米 _____

táo
6) 桃 _____

méi
7) 莓 _____

cài
8) 菜 _____

guǒ
9) 果 _____

shā
10) 沙 _____

5 Take out the part of the character you know and write the meaning.

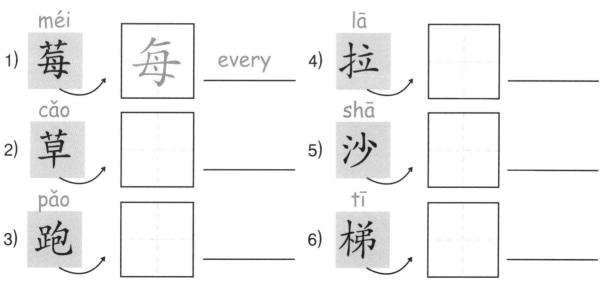

méi
1) 莓 ⟶ 每 ___every___

cǎo
2) 草 ⟶ ⬚ _____

pǎo
3) 跑 ⟶ ⬚ _____

lā
4) 拉 ⟶ ⬚ _____

shā
5) 沙 ⟶ ⬚ _____

tī
6) 梯 ⟶ ⬚ _____

117

6 Draw pictures and colour them in as required.

①

lǜ sè de pú tao
綠色的葡萄

④

hóngsè de cǎo méi
紅色的草莓

②

chéng sè de jú zi
橙色的橘子

⑤

jīn huáng sè de lí
金黃色的梨

③

zǐ sè de lǐ zi
紫色的李子

⑥

huáng sè de píng guǒ
黃色的蘋果

7 **Highlight the words as required.**

zhū ròu 豬肉	píng guǒ 蘋果	niú pái 牛排	táng guǒ 糖果
huǒ tuǐ 火腿	duǎn qún 短裙	bǐng gān 餅乾	jú zi 橘子
hú luó bo 胡蘿蔔	pú tao 葡萄	cháng kù 長褲	wài tào 外套
shǔ piàn 薯片	guǒ zhī 果汁	niú ròu 牛肉	táo zi 桃子
xiāng jiāo 香蕉	lǐ zi 李子	xī guā 西瓜	kě lè 可樂
qiǎo kè lì 巧克力	cǎo méi 草莓	yáng ròu 羊肉	jī ròu 雞肉

1) Vegetable: 綠色

2) Fruit: 黃色

3) Meat: 紅色

4) Snack: 紫色

5) Drinks: 藍色

6) Clothes: 灰色

8 **Make two complete characters from each group.**

① 禾 口 火   和 秋 _____

② 言 日 青 _____

③ 扌 白 非 _____

④ 日 亻 乍 _____

9 **Create a new fruit or vegetable. Draw a picture and colour it in. Name your creation.**

①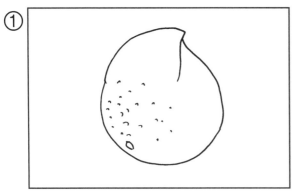

jú zi   táo zi
橘子＋桃子＝橘桃

④

xī guā   nán guā
西瓜＋南瓜＝
pumpkin

②

cǎo méi   pú tao
草莓＋葡萄＝

⑤

lí   lǐ zi
梨＋李子＝

③

píng guǒ   xiāng jiāo
蘋果＋香蕉＝

⑥

huáng guā   hú luó bo
黃瓜＋胡蘿蔔＝

10 Choose the correct characters in the box to match the radical.

fàn	cǎo	suān	zhuō	shù	huá
飯	草	酸	捉	樹	滑
tī	pú	pāi	xǐ	bǐng	lào
梯	葡	拍	洗	餅	酪

1) 艹 : 草 葡

2) 氵 : ___ ___

3) 扌 : ___ ___

4) 食 : ___ ___

5) 酉 : ___ ___

6) 木 : ___ ___

11 Write the common part.

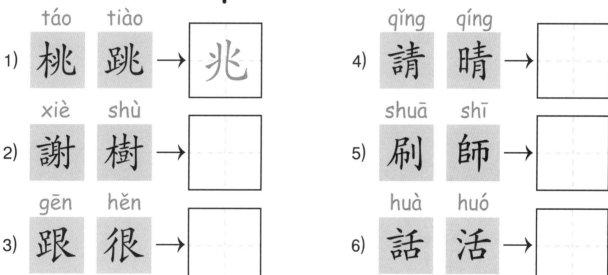

1) 桃 táo 跳 tiào → 兆

2) 謝 xiè 樹 shù →

3) 跟 gēn 很 hěn →

4) 請 qǐng 晴 qíng →

5) 刷 shuā 師 shī →

6) 話 huà 活 huó →

12 Complete the words below. You can write pinyin if you cannot write characters.

1) 蘋 píng 果 ___

2) 草 cǎo ___

3) 葡 pú ___

4) 李 lǐ ___

5) 西 xī ___

6) 豬 zhū ___

7) 沙 shā ___

8) 蛋 dàn ___

13 Answer the questions in Chinese, otherwise in pinyin.

nǐ xǐ huan chī shén me shuǐ guǒ
1) 你喜歡吃什麼水果? _____

nǐ xǐ huan chī shén me shū cài
2) 你喜歡吃什麼蔬菜? _____

nǐ xǐ huan chī shén me ròu
3) 你喜歡吃什麼肉? _____

nǐ xǐ huan chī shén me líng shí
4) 你喜歡吃什麼零食? _____

nǐ wǔ fàn yì bān chī shén me
5) 你午飯一般吃什麼? _____

14 Trace the characters.

| 一 十 十一 艹 艹 芍 芍 芍 葡 葡 葡 葡 葡 | | | | | | | |
| 一 十 十一 艹 艹 芍 芍 芍 芍 芍 萄 萄 | | | | | | | |

pú tao grape	葡 萄	葡 萄	葡 萄	葡 萄	

| 一 十 才 木 杢 杢 李 | | | | | | | |

lǐ plum	李	李	李	李	李	

一 十 十 艹 艹 芒 苎 苎 苗 苜 草

| cǎo
grass | 草 | 草 | 草 | 草 | 草 | | |

一 十 十 艹 艹 艹 芒 芍 莓 莓 莓

| méi
berry | 莓 | 莓 | 莓 | 莓 | 莓 | | |

丿 二 千 千 禾 利 利 利 犁 梨 梨

| lí
pear | 梨 | 梨 | 梨 | 梨 | 梨 | | |

一 十 才 木 木 杧 杧 杧 杍 杍 桥 橘 橘 橘 橘

| jú
tangerine | 橘 | 橘 | 橘 | 橘 | 橘 | | |

一 十 才 木 木 朴 杪 杪 枋 桃 桃

| táo
peach | 桃 | 桃 | 桃 | 桃 | 桃 | | |

15 Writing practice.

Introduce your eating habits. You need to include:

- what you like
- what you do not like
- your three meals

Useful word:

chī	zhōngcān	xī cān	kuài cān
吃	中餐	西餐	快餐

miàn bāo	niú nǎi	shuǐ guǒ
麵包	牛奶	水果

shū cài	ròu	mǐ fàn	tāng
蔬菜	肉	米飯	湯

dì shí liù kè　　lù shang chē zhēn duō

第十六課 路上車真多

1 Trace the characters.

ㄴ ㄴ 屮 出 出						
chū go or come out	出	出	出	出	出	

ノ 入						
rù go in or come in	入	入	入	入	入	

2 Draw the structure of each character.

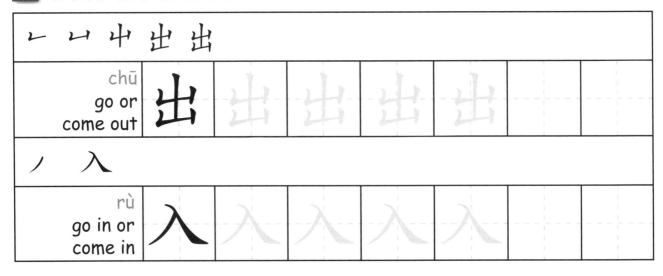

1) lǐ 李 →

2) cǎo 草 →

3) lí 梨 →

4) qì 汽 →

5) zū 租 →

6) lù 路 →

7) yuán 園 →

8) shù 樹 →

9) mí 迷 →

3 Take away one stroke to make another character.

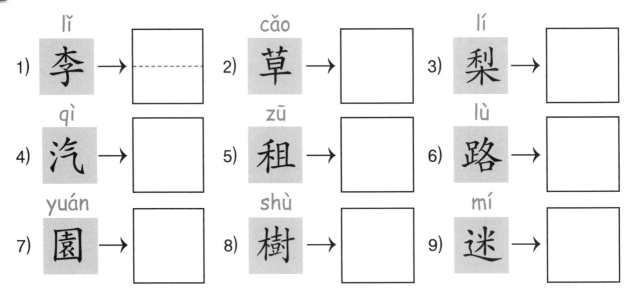

子	三	犬	土	日	王	天	少

4 **Answer the questions by drawing pictures and colour them in.**

nǐ xǐ huan zuò shén me chē
1) 你喜歡坐什麼車?

nǐ měi tiān zěn me shàng xué
2) 你每天怎麼上學?

nǐ bà ba měi tiān zěn me shàng bān
3) 你爸爸每天怎麼上班?

mǎ lù shang yǒu shén me chē
4) 馬路上有什麼車?

5 **Add a character to make a word. You may write pinyin.**

fēi
1) 飛 機

diàn
2) 電 ___

qì
3) 汽 ___

mǎ
4) 馬 ___

kàn
5) 看 ___

zhōng
6) 中 ___

suān
7) 酸 ___

cǎo
8) 草 ___

niú
9) 牛 ___

xiāng
10) 香 ___

shǔ
11) 薯 ___

dàn
12) 蛋 ___

6 **Make two complete characters from each group.**

①
```
之
隹 車
```
進　連　＿＿＿＿＿＿＿＿

②
```
宀
子 至
```
＿＿＿＿＿＿＿＿

③
```
王 宀
  元
```
＿＿＿＿＿＿＿＿

④
```
言 風
  舌
```
＿＿＿＿＿＿＿＿

7 **Circle the words as required.**

máo 毛	yī 衣	wài 外	gōng 公	fēi 飛
fu 服	shǒu 手	tào 套	gòng 共	jī 機
cān 餐	shū 書	kǎ 卡	qì 汽	diàn 電
zhuō 桌	chū 出	zū 租	chē 車	nǎo 腦
dì 地	tiě 鐵	wò 臥	jiào 教	zú 足
chuáng 牀	tóu 頭	guì 櫃	shì 室	qiú 球

1) public bus　✓
2) plane
3) truck
4) taxi
5) sweater
6) dining table
7) computer
8) subway
9) bedroom
10) gloves
11) football
12) mother's father

8 How many things can you find in the picture below?
Write them out in Chinese or in pinyin.

① 公共汽車   ② _____   ③ _____

④ _____   ⑤ _____   ⑥ _____

⑦ _____   ⑧ _____   ⑨ _____

⑩ _____   ⑪ _____   ⑫ _____

9 **Make sentences using the words in the box. Add words if you want to.**

mǎ lù	cān zhuō	bǐng gān	xià yǔ	wánr	diàn nǎo yóu xì
馬路	餐桌	餅乾	下雨	玩兒	電腦遊戲

gāo xìng	xiào fú	yǒu	chuān	xǐ huan	hěn duō	qì chē
高興	校服	有	穿	喜歡	很多	汽車

wǔ jié kè	shàng	chī	shuǐ guǒ	shū cài
五節課	上	吃	水果	蔬菜

1) 馬路上有很多汽車。

6) _____

2) _____

7) _____

3) _____

8) _____

4) _____

9) _____

5) _____

10) _____

10 **Count the strokes of each character.**

	kǎ		zhēn		gòng		qì
1)	卡 _5_	2)	真 ___	3)	共 ___	4)	汽 ___

	zū		táo		lù		cǎo
5)	租 ___	6)	桃 ___	7)	路 ___	8)	草 ___

11 Write the characters.

① zǐ

② nǚ

③ zuǒ  yòu ④

⑤ chū

⑥ rù

12 Answer the questions in Chinese.

xiàn zài jǐ diǎn
1) 現在幾點？_____

jīn tiān jǐ yuè jǐ hào
2) 今天幾月幾號？_____

míng tiān jǐ yuè jǐ hào
3) 明天幾月幾號？_____

jīn tiān xīng qī jǐ
4) 今天星期幾？_____

míng tiān xīng qī jǐ
5) 明天星期幾？_____

13 Draw a picture according to the description below. Colour in the picture.

wǒ jiā mén kǒu yǒu yì tiáo mǎ lù　　mǎ lù shang yǒu gōng gòng qì
我家門口有一條馬路。馬路上有公共汽

chē　diàn chē　　chū zū chē　　kǎ chē děng děng　　mǎ lù de yòu bian yǒu
車、電車、出租車、卡車等等。馬路的右邊有
right side

yí ge dà gōng yuán　　gōng yuán li yǒu hěn duō xiǎo péngyou　　yǒu de zài huá
一個大公園。公園裏有很多小朋友：有的在滑
children

huá tī　　yǒu de zài dàng qiū qiān　　hái yǒu de zài wánr zhuō mí cáng
滑梯，有的在盪鞦韆，還有的在玩兒捉迷藏。

14 Answer the questions in Chinese or by drawing pictures.

nǐ zǎo shang yì bān jǐ diǎn qǐ chuáng
1) 你早上一般幾點起牀？

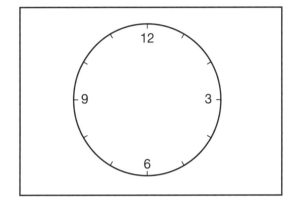

nǐ měi tiān zěn me shàng xué
4) 你每天怎麼上學？

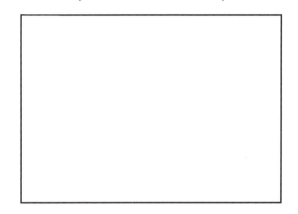

nǐ jīn tiān zǎo fàn chī le shén me
2) 你今天早飯吃了什麼？

nǐ de jiào shì li yǒu shén me
5) 你的教室裏有什麼？

nǐ de shū bāo li yǒu shén me
3) 你的書包裏有什麼？

nǐ jīn tiān shàng shén me kè
6) 你今天上什麼課？

15 Guess the meaning and write it down.

gāo bǐng
1) 糕餅 ___pastry___

yǔ yī
2) 雨衣 _____

cān tīng
3) 餐廳 _____

lán méi
4) 藍莓 _____

diàn tī
5) 電梯 _____

xǐ shǒu jiān
6) 洗手間 _____

16 Make a word starting with the last character of the previous word.

máo yī
1) 毛衣 → ___衣服___

xià xuě
2) 下雪 → _____

shū fáng
3) 書房 → _____

gōng zuò
4) 工作 → _____

xué shēng
5) 學生 → _____

zuó tiān
6) 昨天 → _____

17 Trace the characters.

一 十 广 广 卢 占 肖 肖 直 真 真						
zhēn really 真	真	真	真	真		
一 十 卄 丗 共 共						
gòng common 共	共	共	共	共		

132

`  ` `  ` ` 氵 氵 汽 汽 汽

| qì
gas; steam | 汽 | 汽 | 汽 | 汽 | 汽 | | |

丨 卜 上 十 卡

| kǎ
truck | 卡 | 卡 | 卡 | 卡 | 卡 | | |

丨 小 小 ⌐ 尸 巴 巴

| xiǎo bā
minibus | 小巴 | 小巴 | | | | | |

丿 一 千 禾 禾 利 和 和 租 租

| zū
rent | 租 | 租 | 租 | 租 | 租 | | |

一 十 才 木 木' 杧 杧 杧 櫟 櫟 機 機 機 機 機

| jī
machine | 機 | 機 | 機 | 機 | 機 | | |

18 Make one or two sentences with each group of words.

gōng zuò　　dōu
1) 工作　　都 _____

hěn duō　　xǐ huan
2) 很多　　喜歡 _____

詞匯表

A

ā	阿	a prefix
āyí	阿姨	mother's sister
ǎi	矮	short (of stature)

B

bǎ	把	a particle
běi	北	north
běijīng	北京	Beijing
bǐsàbǐng	比薩餅	pizza
bīng	冰	a given name
bīngqílín	冰淇淋	ice cream
bǐng	餅	round flat cake
bǐnggān	餅乾	biscuit
bù	不	no; not
bù	步	step

C

cānzhuō	餐桌	dining table
cáng	藏	hide
cǎo	草	grass
cǎoméi	草莓	strawberry
cháng	腸	sausage
chīchīhēhē	吃吃喝喝	eat and drink and be merry
chū	出	go or come out

chūzū	出租	rent out
chūzūchē	出租車	taxi
chuāng	窗	window
chuāngzi	窗子	window

D

dàyī	大衣	overcoat
dài	戴	wear (accessories)
dàngāo	蛋糕	cake
dàng	盪	swing
dào	道	reason
dēng	燈	lamp
dì	第	a prefix
dīng	丁	man
dōng	東	east
dōngxi	東西	thing
duǎn	短	short (in length)
duǎnkù	短褲	shorts
duō	多	indicate a certain degree or great extent
duōyún	多雲	cloudy

F

fēi	飛	fly
fēijī	飛機	plane
fēng	風	wind

| fù | 父 father |
| fùmǔ | 父母 parents |

G

gān	乾 dry
gàn	幹 do; work
gāo	糕 cake
gāoxìng	高興 happy
gèzi	個子 height; stature
gōng	公 an elderly man
gōng	公 public
gōnggòng	公共 public
gōnggòngqìchē	公共汽車 public bus
gōngyuán	公園 park
gōngzuò	工作 work
gòng	共 common
gù	固 hard; solid
gùtǐjiāo	固體膠 glue stick
guā	颳 blow (of wind)
guāfēng	颳風 wind blows
guān	關 close; turn off
guānshang	關上 close; turn off
guò	過 spend (time)

H

hé	禾 seedling
hú	胡 a surname
huátī	滑梯 children's slide
huà	化 melt
huáng	黃 a surname

huó	活 work
huór	活兒 work
huǒtuǐ	火腿 ham

J

jī	機 machine
jīròu	雞肉 chicken (meat)
jǐ	己 oneself
jì	記 record
jiāmén	家門 house gate; home
jiǎn	剪 scissors; cut
jiǎndāo	剪刀 scissors
jiàn	見 see
jiāo	膠 glue
jiào	叫 ask
jiào	叫 shout; bark
jié	節 a measure word
jīn	巾 piece of cloth
jìng	鏡 lens
jiù	就 just
jiù(jiu)	舅(舅) mother's brother
jú	橘 tangerine
júzi	橘子 tangerine
juǎn	捲 curl
juǎnbǐdāo	捲筆刀 pencil sharpener

K

| kǎ | 卡 truck |
| kǎchē | 卡車 truck; lorry |

kāi	開	start
kāi	開	open; turn on
kāi	開	hold
kāimén	開門	open the door
kāishǐ	開始	start
kāiwánxiào	開玩笑	joke
kànjian	看見	see
kè	課	lesson; class
kèběn	課本	textbook
kū	哭	cry

L

lào	酪	milk curd
lèi	累	tired
lěng	冷	cold
lí	梨	pear
lǐ	李	plum
lǐzi	李子	plum
lì	立	stand
lián	連	link
liányīqún	連衣裙	dress
liàn	練	practise
liànxí	練習	practise
liànxíběn	練習本	exercise book
liáng	涼	cool
liángxié	涼鞋	sandals

M

mǎlù	馬路	road; street
máo	毛	wool

máoyī	毛衣	sweater
mào	帽	hat
màozi	帽子	hat
méi	莓	berry
měi	美	beautiful
měishù	美術	fine arts
mén	門	door
mí	迷	lost
míng	明	next
míngtiān	明天	tomorrow
mǔ	母	mother

N

nà	那	that
nàr	那兒	there
nǎilào	奶酪	cheese
nán	南	south
niúpái	牛排	beefsteak
niúròu	牛肉	beef
niúzǎi	牛仔	cowboy
niúzǎikù	牛仔褲	jeans
nǚ	女	daughter

P

pāi	拍	dribble
pái	排	ribs
pǎo	跑	run
pǎobù	跑步	run; jog
péng	朋	friend
péngyou	朋友	friend

136

píxié	皮鞋	leather shoes
píqiú	皮球	ball
piàn	片	slice
pó	婆	an elderly woman
pútao	葡萄	grape

Q

qǐlai	起來	indicate the start of an anction
qì	氣	weather; gas
qì	汽	gas; steam
qìchē	汽車	motor car
qiǎokèlì	巧克力	chocolate
qíng	晴	fine; sunny
qiūqiān	鞦韆	swing
qū	曲	crooked
quǎn	犬	dog

R

rìjì	日記	diary
rìjìběn	日記本	diary (book)
ròu	肉	meat
rù	入	go in or come in

S

shālā	沙拉	salad
shān	山	mountain
shàng	上	go
shàngwǎng	上網	go on the Internet
shànghǎi	上海	Shanghai

shàngkè	上課	attend a class
shàngwǔ	上午	morning
shēn	身	body
shēntǐ	身體	body
shí	石	stone
shǐ	始	start
shǒutào	手套	gloves
shǔ	薯	potato; yam
shǔpiàn	薯片	crisps
shǔtiáo	薯條	French fries
shù	樹	tree
shù	術	art
shuā	刷	brush
shuāyá	刷牙	brush teeth
suān	酸	sour
suānnǎi	酸奶	yoghurt

T

tā	牠	it
tài	太	quite; too
táo	桃	peach
táozi	桃子	peach
tào	套	cover
tī	梯	ladder; stairs
tián	田	a surname
tiānqì	天氣	weather
tiānshang	天上	sky
tiào	跳	jump
tuǐ	腿	leg
T xùshān	T恤衫	T-shirt

W

wà	襪	socks
wàzi	襪子	socks
wài	外	related through one's mother's, sister's or daughter's side of the family
wài	外	outer
wàigōng	外公	mother's father
wàipó	外婆	mother's mother
wàitào	外套	coat
wán	玩	play
wánxiào	玩笑	joke
wāng	汪	bark
wáng	王	king
wǎng	網	Internet
wéi	圍	enclose
wéijīn	圍巾	scarf
wèn	問	ask
wū	屋	house

X

xī	西	west
xīcān	西餐	Western food
xīguā	西瓜	watermelon
xí	習	study
xì	戲	game
xià	下	fall (of rain, snow, etc)
xiàlai	下來	indicate from start to finish
xiàxuě	下雪	snow
xiàyǔ	下雨	rain
xiāngcháng	香腸	sausage
xiǎobā	小巴	minibus
xiǎoguāng	小光	a given name
xiǎohóng	小紅	a given name
xiào	笑	smile; laugh
xié	鞋	shoe
xìng	興	excitement
xuě	雪	snow
xuěrén	雪人	snowman

Y

yǎnjìng	眼鏡	glasses
yáng	羊	sheep
yángròu	羊肉	lamb
yàng	樣	model
yè	業	school work
yīfu	衣服	clothes
yí	姨	mother's sister
yìdàlì	意大利	Italy
yìdàlìmiàn	意大利麵	spaghetti
yīn	音	sound
yīnyuè	音樂	music
yóu	遊	tour
yóuxì	遊戲	game
yǒu	友	friend
yòu	右	right

yǔ	雨	rain
yù	玉	jade
yuán	園	garden
yuè	樂	music
yún	雲	cloud

Z

zǎi	仔	a young man
zài	在	be doing
zhēn	真	really
zhī	隻	a measure word
zhī	知	know
zhīdao	知道	know
zhí	直	straight
zhōngcān	中餐	Chinese food
zhōngwǔ	中午	noon
zhǒng	種	kind; type
zhū	豬	pig
zhūroù	豬肉	pork
zhú	竹	bamboo
zhuō	捉	grab; catch
zhuōmícáng	捉迷藏	hide-and-seek
zǐ	子	son; child
zì	自	oneself
zìjǐ	自己	oneself
zǒu	走	walk
zū	租	rent
zú	足	foot
zuì	最	most

zuó	昨	yesterday
zuótiān	昨天	yesterday
zuǒ	左	left
zuò	做	do
zuò	作	do
zuòyè	作業	homework